Chaunes

Les souffrances d'Alexandre Dupont

(roman)

Aux poètes français

ISBN 9798393964955

What's in a name ?
(Shakespeare)

Les souffrances d'Alexandre Dupont

Chaunes

Alexandre Dupont ouvrit l'œil. Il se leva ce matin-là avec la ferme intention de se raser. Pas n'importe quel matin. Justement, celui-là. Absolument pas un autre. Mais au moment d'accomplir ce geste, accompagné par la pensée que toute action devrait être unique, il sentit le contact froid du rasoir sur son menton et s'arrêta. Il ressentit brusquement ce que l'interruption avait d'insolite. Pourtant, le monde ne s'en apercevrait pas. La singularité du moment serait perdue. C'était inacceptable.

Il se souvint que, dans les débuts de leur histoire, les Romains ne se rasaient pas. Il avait fallu une terrible défaite militaire aux mains des Gaulois pour entrer dans la modernité. Combien d'entre eux étaient morts avant de consentir à ce sacrifice. Quelle souffrance, aussi, de se raser au glaive avant de découvrir les bienfaits du savon à barbe. Et puis, l'Histoire avait commencé, avec un Empire qui dura plus de mille ans. Des millions d'hommes avant lui, dont tous les ancêtres Dupont de sa lignée, les antécédents de sa race, même ceux qui précédèrent les Dupont dans la longue nuit des temps avaient accompli ce même geste, probablement au même moment de la journée, afin de ne plus avoir à y penser. Cette méditation matinale l'emplit de mélancolie.

Il comprit que ce moment ne pourrait redevenir singulier qu'en rompant avec une coutume aussi ancienne qu'étrange.

- Tant pis, se dit-il. Ce jour-ci sera celui où Alexandre Dupont ne recula plus devant le poids du nombre et des habitudes.

Non seulement posa-t-il son rasoir sur la table. Il prit le temps d'en ouvrir la coque et jeta une à une les piles par la fenêtre. Toutes les piles. Puis, il prit un marteau dont il ne se servait jamais, posa l'appareil sur le bord en béton et le fit voler d'un seul coup en éclats.

- Voilà enfin une action plus rare, pensa-t-il. Moins d'hommes s'y seront livrés avant moi. C'est aussi une manière de libérer toute la lignée des Dupont, qui s'étaient enfermés dans une stupide romanité.

Car il avait bien étudié toutes les photos racornies, jaunies par le temps, qui traînaient dans les tiroirs. Il avait vu, même à l'époque des crinolines et des colonies, quand les moustaches et les favoris semblaient de rigueur, que les Dupont étaient restés glabres, rasés de près, de sorte qu'ils se ressemblaient tous de père en fils sans la moindre exception.

- C'est insupportable ! se dit Alexandre Dupont. Nous ne pouvons pas continuer ainsi. Nous faisons inconsciemment le jeu de toutes les dictatures, dont le but ultime est que les citoyens se ressemblent tous et portent le même nom.

Il résolut, dès lors, que la seule réponse aux injustices du nombre imposées par le siècle où il avait eu le malheur de naître serait de suivre les voies les plus singulières qui se présenteraient. Et comme il ne savait pas les créer lui-même, il ne vit d'autre solution que de les explorer une à une partout où elles se présenteraient.

- Je ferai comme les souris prises au piège, se dit-il. Comme elles, je parcourrai inlassablement l'espace où je suis et je finirai bien par trouver une ouverture par laquelle fuir l'affreux quotidien.

Il suivait tous les jours le même chemin, le plus court, pour aller de son domicile au lieu de son travail. Il commença par le rallonger en suivant des rues dont il avait presque oublié l'existence, car il ne les empruntait plus depuis de longues années. De cette façon, il passa un matin devant une église dont il avait oublié l'existence. Elle semblait l'attendre, car c'était l'heure où une femme y faisait le ménage en lavant le sol à grande eau et les portes étaient maintenues ouvertes par des cales.

Malgré ses protestations, Alexandre Dupont y pénétra en forçant l'entrée.

- J'ai le droit d'être ici ! s'écria-t-il. Une église devrait toujours rester ouverte, car personne ne sait à quel moment une âme perdue peut chercher son salut !

La femme de ménage, vexée, ramassa bruyamment son seau et ses balais et s'en alla en maugréant.

- Comment veulent-ils que cet endroit reste propre ! s'exclama-t-elle. On ne me laisse jamais finir mon travail.

Alexandre Dupont s'assit sur un banc et se demanda pourquoi il se trouvait là. Mais d'un autre côté, il avait franchi un pas en entrant et repartir aurait rendu ses efforts inutiles. Il resta donc un bon moment à regarder voler une mouche qui cherchait sans doute, elle aussi, le chemin de la sortie.

- Etrangement, pensa-t-il, cette bestiole me ressemble. Elle est parvenue à entrer sans savoir pourquoi et elle se demande maintenant comment faire pour repartir.

Au bout d'une assez longue attente, il vit entrer un prêtre, qui marchait vers l'autel et se retourna, surpris, en le voyant.

- Que faites-vous là, mon fils ? demanda le curé.

- Je me posais un peu la même question, dit franchement Alexandre Dupont. C'est la première fois que j'entre ici, sans doute par curiosité. D'ailleurs, je me demande pourquoi cet endroit reste vide, sauf pour une dame qui lavait le carrelage et que j'ai dérangée, puis vous-même, qui avez vos propres raisons d'être ici.

- Vous dites juste, mon fils, répondit le prêtre en souriant. La vérité, c'est que personne ne croit plus, ou c'est du moins ce qu'il m'arrive de penser, mais je suis heureux de voir que je me suis trompé, puisque vous êtes venu.

- Non, non, dit Alexandre Dupont. Je suis désolé de vous décevoir. Moi non plus, je ne suis pas croyant. Si je suis venu, c'est seulement que le poids du nombre des humains m'effraye et que je ne voyais personne ici. Je fuis le monde. Les vivants autant que les morts. J'ai donc résolu de ne plus être Dupont. Nous sommes trop nombreux sur terre. Dès aujourd'hui, J'entreprends des démarches pour devenir autre chose de moins ordinaire et je réfléchissais à la procédure que je pourrais suivre.

- Ce n'est pas ainsi qu'il faut s'y prendre, répondit l'homme de Dieu, qui flaira un moment l'occasion de convertir un semblable. Il imaginait déjà tout le crédit qu'il en retirerait, non seulement auprès du Seigneur, mais même dans la hiérarchie de l'Eglise, pourtant peuplée d'une multitude de confrères jaloux. Ici, nous ne changeons que les noms de baptême, non pas les noms de famille, qui relèvent uniquement de la législation nationale, réglementée par l'Etat Civil. Dans la vraie tradition Chrétienne, on ne peut changer de famille, car la conception d'un être est un mystère qui n'a lieu qu'une fois. Malheureusement, l'Etat s'est arrogé abusivement le droit de modifier la filiation. Il a donc créé une procédure administrative pour y parvenir. Tout cela n'est plus de notre ressort. Autrefois, de grands saints ont pu changer de nom par humilité pour expier l'orgueil d'appartenir à de très illustres familles, mais c'était une situation tout à fait rare et spéciale, sous la monarchie de droit divin. Elle a cessé avec Bonaparte et même les saints doivent garder leur nom aujourd'hui. Je ne connais qu'une exception, qui est celle de l'Abbé Pierre, due à ce qui fut, somme toute, un nom de guerre pendant la Résistance. L'Eglise n'a pas le pouvoir de modifier l'Etat Civil. Elle ne peut à la rigueur changer qu'un nom de baptême.

- Je ne comprends pas tout à fait la difficulté, dit Alexandre Dupont. Parfois, quand j'accomplis des démarches, je dois remplir des formulaires et Alexandre Dupont devient miraculeusement Dupont, Alexandre. L'ordre dans lequel on écrit les noms n'a donc aucune importance particulière. Un nom pourrait être un prénom, ou vice-versa.

- Pas du tout ! s'exclama le prêtre. Je vous l'ai déjà expliqué. La différence entre les deux est fondamentale. Même si l'Etat s'amuse à les intervertir, Alexandre Dupont ne peut jamais devenir Dupont Alexandre. Un nom de famille sera toujours un nom de famille et un prénom devrait toujours rester un nom de baptême quoi qu'en pensent les autorités laïques de notre pays. Il en est ainsi depuis des siècles et des siècles. C'est par le baptême que vous obtenez votre prénom.

- C'est possible, répondit Alexandre Dupont, mais abandonner mon prénom n'est pas du tout mon but. Le mien me convient parfaitement. Le poids du nombre est beaucoup moins grand de ce côté-là. J'ignore combien nous sommes à le porter, mais je pense que cela reste dans des proportions tout-à-fait convenables. Lorsque mes parents ont choisi, il y a bien des années, de me prénommer Alexandre, j'imagine justement qu'ils ont voulu corriger le nom : Dupont. Autrement, ils auraient pu faire de moi un Jean Dupont, un Robert Dupont, voire même un Marcel Dupont. Mais ils visaient plus haut. Ils sentaient que le prénom d'Alexandre pèse plus lourd. Depuis le grand conquérant qui illustra éternellement le royaume de Macédoine, beaucoup d'autres parents ont emprunté ce chemin. A leur point de vue, ils ont eu raison. Du moins, ils ont prouvé de cette manière l'affection qu'ils portaient à leur progéniture. Je le reconnais et je le comprends, même si le prénom Alexandre cohabite difficilement avec Dupont.

- C'est une combinaison plus rare, concéda le curé, mais il ne faut pas en déduire qu'elle soit impossible. Après tout, Dupont pourrait être du Pont, c'est à dire d'un royaume qui appartint parmi tant d'autres à Alexandre le Grand...

- Je n'ai nullement ce genre de prétention, dit vivement Alexandre Dupont. Mon nom de famille ne s'est jamais scindé en deux de cette façon. Ce serait de la tricherie. Mes ancêtres sont de petite extraction, donc tous sans particule. Moi, ce qui m'importe, c'est de ne plus me fondre dans la masse énorme et croissante des Dupont pour lesquels, d'ailleurs, le prénom d'Alexandre ne signifie plus rien du tout. Voilà pourquoi mon prénom me plaît. Mais je vois que vous ne pouvez rien quant au reste. En fait, Dieu vous a donné un pouvoir très limité.

- Il est vrai, avoua le prêtre, que je ne puis vraiment rien pour vous. Si vous tenez absolument à résoudre votre problème par des démarches, au lieu d'aborder le travail intérieur d'humilité qu'il vous faudrait pour le surmonter, alors je vous conseille de vous retourner vers l'Administration civile. Ceci dit, je vous préviens que vous aurez du mal à la convaincre. Si tous les Dupont entreprenaient de changer de nom, ce serait un imbroglio inextricable pour l'Etat.

- Dans ce cas précis, nous ne serons pas nombreux à le faire, répliqua Alexandre Dupont, car en fait j'ai très peu de famille. Je suis orphelin de père et de mère. Je suis marié, mais sans enfants. Il me reste une sœur et une nièce. C'est tout. J'apparais administrativement comme ce qu'on appelle vulgairement une fin de série, malgré le nom Dupont qui implique un si grand nombre.

- Toute âme est singulière, répliqua le prêtre. Dieu sait que vous êtes Alexandre Dupont et même si vous parveniez à changer votre nom sur terre, Il ne l'oublierait pas. Si vous montez ensuite au paradis, ce sera sous votre vrai nom.

- C'est possible, dit Alexandre Dupont, mais cela ne m'avance pas, d'autant plus que je ne suis pas croyant.

- Ah, dit le curé, voilà votre problème. C'est un énorme avantage dans la vie terrestre que de croire en Dieu.

Cet argument ne convainquit absolument pas Alexandre Dupont. Il voulait être lui-même sans intervention surnaturelle. Ce n'est pas qu'il eût une objection profonde à l'existence de Dieu mais, dans cette hypothèse, il ne voyait guère pourquoi le Créateur du monde et de l'univers se serait intéressé à lui. Il en conclut qu'il s'agissait là d'un chantage de la part du prêtre et mit fin à la conversation.

*   *   *   *

L'épouse d'Alexandre, prénommée Aglaé, souffrait du problème contraire.

- J'en ai assez d'être Aglaé, lui confia-t-elle un matin. Mon prénom est vraiment ridicule. Non seulement il est laid, mais il est complètement passé de mode. Je ne connais aucune autre Aglaé. Je me demande souvent ce qui a pris à mes parents de m'affubler d'un prénom qui n'appartient pas au siècle.

- Je suis sûr, répondit Alexandre, qu'on trouverait aisément une deuxième Aglaé en cherchant bien. Elle ne serait peut-être pas une Dupont, et encore, qui sait ?

- Dupont, je m'en moque, répondit brutalement Aglaé. J'ai changé de nom de famille en t'épousant et cela m'arrange très bien. Si, auparavant, j'étais une Delaporte, maintenant, je suis une Dupont. Et alors ? Le pont vaut mieux que la porte. De toute façon, c'est anonyme. Ce n'est presque pas un nom puisque tant de monde y a droit. C'est ce qui corrige un peu mon Aglaé et me permet de passer inaperçue. Je suis Madame A. Dupont désormais et je m'en contente fort bien. Le problème surgit quand je dois révéler que je suis Aglaé. C'est cela qui me bloque. De fait, je n'ai presque aucune amie intime, car l'intimité commence par un échange de prénoms.

- Je t'ai toujours aimée sous ce prénom, dit Alexandre, et j'aurais bien du mal à m'y faire si tu voulais en changer. Mais je comprends ta souffrance. Il doit y avoir une solution. J'ai appris depuis peu que tu pourrais te rendre à l'église, où un curé se chargerait de te donner un nouveau prénom en te re-baptisant.

- Quelle idée ! s'exclama Aglaé. Tu n'as rien compris à la religion. Le prénom n'est donné qu'une fois. C'est au baptême. Je suis croyante, moi, et je n'ai aucune intention de déranger l'ordre établi par un deuxième baptême. C'est une idée tout à fait ridicule !

- Tu as tort, répliqua Alexandre. Il y a de grands exemples que tu pourrais suivre. J'ai lu quelque part que le Roi Soleil lui-même a été baptisé deux fois. La première fois, c'était juste après sa naissance, car ses parents avaient peur de le perdre. La deuxième, c'était une grande cérémonie publique, pour montrer au monde entier que l'enfant était vraiment chrétien. Deux baptêmes, c'est donc tout à fait possible et résoudrait ton problème.

- Je n'en ferai rien, dit Aglaé. Ton exemple est tiré par les cheveux. Quel rapport entre moi et le Roi Soleil ? La comparaison est parfaitement stupide. Les citoyens ordinaires n'ont pas à imiter les rois.

Et c'est ainsi qu'Aglaé s'obstina à demeurer Aglaé, tandis qu'Alexandre nourrissait toujours le projet de devenir autre chose que Dupont. Pour l'instant, cependant, il n'en dit rien à sa femme. Il se doutait que la démarche à suivre serait longue et compliquée. Il ne fallait donc en parler qu'au moment de l'entreprendre.

* * * * *

Il y avait encore une solution, que lui proposa un ami d'enfance, Arsène Durand, qui connaissait pour de bonnes raisons toute la difficulté d'Alexandre à porter le nom Dupont.

- N'aurais-tu pas un ancêtre qui serait né ou aurait vécu à Nemours ? Tu pourrais alors te faire appeler Dupont de Nemours par tes amis. Ensuite, tu serais D. de Nemours pendant un certain temps et, de fil en aiguille, tu finirais de Nemours. Le tour serait joué.

Cette idée ne plut pas du tout à Alexandre Dupont. Il ne cherchait nullement à se faire passer pour un aristocrate par un subterfuge douteux.

- Si je voulais entrer dans la diplomatie, répondit-il à Arsène Durand, je ferais peut-être ce que tu proposes pour décrocher un meilleur boulot au quai d'Orsay, mais c'est une carrière qui ne me tente pas le moins du monde.

- Tu as tort, dit Arsène Durand, car c'est vraiment le moyen le plus simple. Beaucoup de gens l'ont adopté et, à l'usure, ça finit toujours par marcher. Bien sûr, il faut parfois faire appel à du piston, mais c'est aussi la coutume dans notre pays. Les Français cherchent tous un bon piston.

- Je me sentirais plutôt ridicule de suivre ce chemin, dit Alexandre Dupont. Ton histoire me rappelle cet ami de Jacques Offenbach qui voulut lui jouer ce tour-là et reçut en réponse une carte signée « O. de Cologne ».

- Si tu ne veux pas suivre mes conseils, dit Arsène Durand, un peu vexé, alors je ne comprends vraiment pas ce que tu cherches à faire. Comment espères-tu t'en sortir ?

- Je ne sais pas tout à fait moi-même, confessa Alexandre Dupont. Comme je te l'ai expliqué, mon but n'est pas de m'affubler d'une particule ou de parader un nom à roulettes plein de prétention. En fait, c'est tout le contraire. Une certaine banalité ne m'effraie pas, ni même un degré de contraste entre nom et prénom. J'accepterais sans difficulté d'être César Birotteau si ce nom n'impliquait pas tout un arrière-plan littéraire. Ce qui me déplaît, c'est que Dupont est tellement galvaudé qu'il en devient ridicule. Naître Dupont, c'est comme venir au monde sans avoir pris la peine de choisir correctement une famille honnêtement bourgeoise, avec quelques tout petits ancêtres, même minables…

- N'exagérons rien, répondit Arsène Durand. Un homme de science te dirait que l'anthropocentrisme, qui plaçait l'homme au centre du monde, est complètement révolu. Aujourd'hui, ce qui a cours en cosmologie, c'est le principe de médiocrité, selon lequel la place de l'homme dans l'Univers est parfaitement secondaire, dans le recoin perdu d'une galaxie elle-même très éloignée du centre, si un tel centre existe. Or naître Dupont est tout à fait conforme à cette nouvelle donne. Tu es donc dans l'esprit des temps, mon cher, et je ne vois pas de quoi tu te plains. Il faut parfois souffrir pour suivre la mode.

Sur le moment de quitter la terrasse du Café du Commerce, où ils avaient cherché longuement à résoudre ce grave problème, Arsène Durand eut enfin une dernière inspiration :

- Tu pourrais te faire artiste, dit-il. Ces gens-là ne demandent rien à personne. Ils s'emparent d'un pseudonyme que nul n'ose leur contester. Tu vois bien qu'il existe des solutions. Il suffit d'être imaginatif.

Mais Alexandre Dupont ne se sentait doué pour rien. Il ne connaissait que les archives et les formulaires. Ecrire ou peindre dépassait ses moyens. Il était en fait d'une profonde humilité. La démocratisation du génie créateur lui paraissait une notion absurde. Le talent, par définition, n'appartenait pas à tout le monde.

- Alors, dit enfin Arsène Durand, je ne vois plus qu'une issue. Il te faut devenir militaire. Dans la Légion, ils portent tous un nom de guerre. Là aussi, il existe d'illustres précédents, à commencer par Athos, Portos et Aramis. Il n'y a rien de plus noble qu'un nom de guerre, qui fait oublier aussitôt les noms qu'on porte dans le civil.

- C'est vrai, répondit Alexandre Dupont, mais je n'ai jamais compris s'il s'agissait d'un nom ou d'un prénom. Ce n'est pas clair dans le livre.

- C'est forcément un nom, affirma Arsène Durand. On ne donnerait pas ces prénoms-là à un garçon, fût-il turbulent. D'ailleurs, Aramis est un nom assez ambigu. En prénom, pour un garçon, il ferait fille, ou du moins quelque peu entre les deux. Il évoque la guerre en dentelles, qui est d'un autre temps. Mais l'idée du nom de guerre reste tout à fait virile. Il remplace tous les noms et prénoms imaginables.

- Je veux bien me battre au figuré pour changer de nom, répondit Alexandre Dupont, mais je ne vois pas pourquoi cela devrait se faire à grands coups de baïonnette.

- Non, non, ce n'est pas ce que je dis, expliqua Arsène Durand. Tu pourrais, par exemple, entrer dans les services secrets. Eux aussi ont droit à des noms d'agent. Ainsi, Dupont pourrait disparaître au profit d'une autre identité reconnue.

Mais, là aussi, Alexandre Dupont, très réaliste, comprit que l'horizon serait bouché. Comment devenir agent secret sans parler plusieurs langues, sans compétences en cryptage numérique, en guerre de l'ombre ? Il ne fallait même pas y songer.

* * * * *

- Le Temps nous efface bien vite, dit Aglaé un matin, en buvant son café à la chicorée. Elle avait l'habitude, pour gagner quelques minutes, de ne pas défaire ses bigoudis avant le petit déjeuner mais, ce jour-là, l'un d'entre eux s'était déroulé spontanément en révélant une mèche de cheveux poivre-et-sel.

- Progressivement, ajouta-t-elle sur le mode pessimiste, le Temps grignote notre monde et prépare notre disparition. Que nous soyons Dupont ou autre chose, qu'importe ? L'ordinaire consomme tout. Il est inutile de lutter contre.

- Mais non ! s'écria Alexandre, qui se sentit acculé à la contrepartie pour préserver un peu d'optimisme dans la conversation, il ne faut pas céder au Temps. D'ailleurs, qu'est-ce que le Temps ? J'ai lu que même les chercheurs les plus chevronnés s'interrogent sur sa nature. Peut-être qu'il n'existerait pas vraiment. Ce serait simplement un moyen de classer dans notre cerveau l'ordre dans lequel les expériences s'organisent. En tout cas, il a le défaut de ne mener à rien par lui-même. A mesure que les souvenirs s'accumulent dans notre esprit, ils nous fatiguent les méninges et finissent par nous paralyser. La sagesse consiste donc à oublier ce phénomène inutile, et même à gommer cette velléité de classement. D'autres, si cela les intéresse, pourront le faire à notre place.

- Tu songes sans doute à tous les autres Dupont que tu mettras à contribution pour ce classement, dit Aglaé en riant.

Alexandre Dupont se rembrunit.

- Effectivement, dit-il, si tous les Dupont s'en mêlent, il risque d'y avoir plus encore de confusion, commenta-t-il. Et voilà justement ce que je cherche à éviter. La vérité, c'est qu'il y a beaucoup trop de monde dans le monde. Cette surpopulation est bien plus nuisible que l'action du Temps lui-même, car elle ne fait que renforcer le désordre. Quand l'humanité était moins nombreuse, on pouvait se souvenir de chacun. Maintenant, la chose est impossible. L'idée même de sortir du lot et d'atteindre une notoriété est absurde, même et surtout si tout le monde y aspire. La célébrité, aujourd'hui, loin de procurer l'immortalité, ne peut être qu'éphémère. N'accusons pas le Temps. Il n'y est pour rien. Le problème est plutôt le nombre. Il est donc de notre faute. Pour lutter, il faudra ordonner autrement les événements de l'histoire. Déjà, notre mémoire n'utilise plus le temps pour les classer. Elle fait le tri en ordre d'importance. Et comme les Dupont sont infiniment trop nombreux, comment l'un d'entre nous deviendrait-il plus notoire qu'un autre ? L'ennemi, c'est le nombre. Nous envahissons tout l'espace comme des insectes malfaisants. Nous dévorons l'ordinaire , ce qui nous interdit de survivre dans la mémoire des hommes. Voilà pourquoi il faut de toute urgence cesser d'être simplement Dupont.

- Eh bien, dit Aglaé, fatiguée par l'obsession de son conjoint, j'aimerais que tu trouves une solution précise au lieu de ruminer constamment ce problème. A mon avis, la solution consisterait à prendre le taureau par les cornes. Il faut que tu ailles consulter un psy.

- Un psy ? dit Alexandre Dupont, étonné.

- Mais oui, poursuivit son épouse. Tu ne peux pas continuer comme ça. Tu vas tomber malade. Il faut prendre rendez-vous chez un psy qui saura dénouer cet étrange complexe, pour que tu puisses de nouveau dormir la nuit. C'est même urgent. Les maladies non-traitées, même celles de l'esprit, s'aggravent avec le temps. Je me fais du souci pour toi.

- Je t'ai déjà démontré que le temps ne change rien à l'affaire, répliqua Alexandre Dupont, et je ne vois pas pourquoi mes préoccupations d'Etat Civil deviendraient une maladie.

- J'ai entendu parler d'un psy dans le quartier, continua Madame Dupont, sans prêter attention à l'objection de son mari. Il s'appelle Goldberg et doit sans doute être juif. C'est un avantage, car ces gens-là sont sensibles aux noms de famille. Je suis sûre qu'il mettra très vite le doigt sur ton dérèglement de personnalité et saura te proposer un traitement.

- Tu y vas un peu fort, répondit Alexandre Dupont. Il ne s'agit nullement d'un dérèglement de personnalité. Quant à moi, je ne serais pas du tout malheureux d'être Goldberg. Voilà au moins, à mes yeux, une appartenance claire et bien définie à une tribu tout à fait remarquable, tandis que Dupont ce n'est rien du tout. On peut juste en déduire qu'un de mes ancêtres est né au pied d'un ouvrage d'art. Mais lequel ? Si j'étais né Dupont du Gard, ce serait au moins un beau monument, un lieu chargé d'histoire. Dans mon cas, on ne sait même pas de quel pont il s'agit. C'est peut-être un de ceux qu'on évoque quand on parle d'aller vivre sous les ponts.

- Pourquoi ne pas ajouter III après ton prénom ? dit Madame Dupont en riant. Cela donnerait Dupont Alexandre III. Ce serait déjà mieux…

- C'est sans doute très drôle, répliqua Alexandre Dupont, un peu vexé, mais qui voudrait y croire ? Autant se chercher comme ancêtre le zouave du pont de l'Alma…

- Tu aurais dû vivre au temps des Colonies, répliqua Madame Dupont. Nous aurions pu nous installer en Indochine, par exemple. Là-bas, les Dupont sont plus rares. Ils sont un peu comme chez nous les Goldberg. On nous aurait considérés tout simplement comme des gens d'ailleurs.

Un pont bien français aurait compté d'avantage qu'une passerelle en bambou sur un ruisseau khmère. Tu aurais pu porter fièrement ton nom de famille.

Alexandre Dupont n'avait jamais imaginé un tel renversement de situation. Il faut avouer, se dit-il, que ma femme est d'une intelligence supérieure. C'est bien pour cela que je l'ai épousée. Il passa quelques jours à imaginer quelle aurait pu être leur vie si le Ministère l'avait muté aux Archives Coloniales de Saïgon, mais après quelques jours de cette délicieuse rêverie dans laquelle Dupont signifiait enfin quelque chose de presque exotique, force fut de constater qu'il était né au plus mauvais moment de l'histoire. Se tromper d'époque n'était guère une consolation.

* * * * *

Madame Rose, réceptionniste chez le Docteur Anatole Goldberg, éminent spécialiste des Hôpitaux de Paris, avait plusieurs missions importantes dans son cabinet de la rue Davy. La première était d'arroser tous les matins les plantes vertes de la salle d'attente.

- Ça n'a l'air de rien, se disait-elle à chaque fois, mais les patients restent parfois longtemps en tête-à-tête avec un caoutchouc ou un arbre de Jade. On sait que tout dialogue avec la nature a un effet thérapeutique bénéfique. La verdure fait du bien. Si ces plantes sont malingres, il pourrait en résulter des dépressions. Donc, en les arrosant tous les matins, je soigne aussi, à ma manière, de nombreux patients.

Madame Rose surveillait aussi la place de parking du Docteur Goldberg, à cause des embarras de circulation bien connus dans le 17ème arrondissement. Souvent, quand un intrus tentait de la squatter, elle n'hésitait pas à dévaler les marches pour le chasser sous une pluie d'injures. Là, elle défendait les droits et privilèges de la Faculté, car la priorité accordée au véhicule du médecin est une question d'intérêt public.

Enfin, elle avait pour tâche de répondre au téléphone, ce qui était infiniment compliqué, car le public, inconscient des difficultés que présentait l'agenda du Professeur Goldberg, ne cessait de demander de nouveaux rendez-vous qui s'échelonnaient dans le temps plusieurs mois à l'avance. Elle était donc, malgré elle, souvent obligée de se montrer désagréable pour couper court aux conversations.

- Un jour, se disait-elle à chaque fois qu'elle s'était transformée en porte de prison à cause du téléphone, il faudra que je demande à mon tour une thérapie au Professeur, pour détendre mes nerfs.

Mais elle savait ce que coûte un traitement de psychanalyse. Aussi ne s'agissait-il de sa part que d'une pensée vague, à laquelle elle savait bien qu'elle ne donnerait jamais suite.

Ce matin-là, elle prit l'appel d'une certaine Madame Dupont mais, au moment où celle-ci se répandait en explications, une guêpe, cachée sous une feuille des plantes vertes, fondit sur elle et se vengea sur son bras d'avoir été arrosée tôt le matin. C'en était trop pour les nerfs de Madame Rose. Elle se mit à sangloter au téléphone. Elle savait bien que c'était contraire à toute déontologie d'un secrétariat médical, surtout pour une réceptioniste en psychanalyse, mais elle ne put s'en empêcher. Ce fut à Madame Dupont de la consoler par des paroles pleines d'empathie, et c'est ainsi qu'Alexandre Dupont obtint son rendez-vous à une date inespérée. Sans l'intervention de la guêpe, il n'en aurait rien été, mais le hasard fit bien les choses. Peu de temps après ce mémorable appel téléphonique, le Professeur Goldberg se trouva devant un nouveau patient dont il ne soupçonnait même pas l'existence. Néanmoins, il le reçut avec douceur, car il ne savait jamais quel mal il aurait à traiter. Comme souvent les psychiatres, il avait plusieurs suicides à son actif. Il écouta longuement la description des souffrances intimes dues au nom de famille Dupont.

- Je vous comprends, annonça-t-il enfin d'un ton doux. Auparavant, j'étais Léon, mais je suis devenu Anatole. Mon prénom d'origine évoquait un animal que j'ai aujourd'hui en horreur, car je suis végétarien, et même végan.

- Mais Anatole ? demanda Alexandre Dupont, étonné d'être compris du premier coup.

- Mon nouveau prénom, expliqua le Professeur, rappelle le plateau d'Anatolie, où l'un de mes ancêtres, fuyant des persécutions en Espagne, posa pour un temps ses valises avant de revenir en Europe.

- Voilà une excellente raison, dit Alexandre Dupont. Ainsi, votre nouveau prénom vous rattache au passé de votre famille. Inutile de dire que le mien ne le fait pas du tout.

Au bout d'une heure de consultation, le Docteur Goldberg en vint à confirmer le diagnostic déjà formulé par Madame Dupont. Non seulement Alexandre Dupont était-il malade, mais sa pathologie avait une tendance évolutive justifiant une surveillance continue et régulière. Il lui sembla même que le cas Dupont avait toutes les chances d'être générique. L'exemple pouvait fort bien rester célèbre dans les annales de la psychanalyse. Sans doute porterait-il ce nom dans l'avenir pour identifier la pathologie, à moins qu'il soit même nommé un jour le syndrome de Goldberg. Tous les espoirs étaient permis.

- Jusqu'à quand pensez-vous qu'il faudra me soigner ? demanda Alexandre Dupont, subitement préoccupé.

- Avant de me prononcer, dit-il à Alexandre Dupont, il me faut des examens complémentaires. Je vous prépare donc une ordonnance pour le centre d'imagerie d'une clinique où je donne souvent moi-même des consultations. Vous irez leur présenter cette lettre et ils procèderont à ce que nous appelons un scan actif du cerveau. Vous verrez. Ce n'est rien de compliqué ni de douloureux. A partir du résultat, nous verrons ce qui peut se faire. Entretemps, c'est impossible à prévoir. Certains cas de ce genre peuvent guérir après cinq ou six séances. Ce sont alors des pathologies légères. D'autres prennent plus longtemps. Parfois, une vie entière. On parle alors de cas incurables…

- Une vie entière ! s'exclama Alexandre Dupont, horrifié.

- Oui, dit le spécialiste. Ce n'est pas à exclure. En tout cas, même sans symptômes, il est toujours prudent de consulter. Il ne faut jamais cesser brutalement un traitement.

- Mes visites seraient-elles alors prises en charge ? demanda Alexandre Dupont. Je ne vous cacherai pas que le prix d'une série de consultations dépasserait mes moyens.

- Votre pathologie est une neurasthénie généalogique, expliqua le Professeur. Elle est aigüe dans votre cas, mais n'est pas encore prise en charge par la Sécurité Sociale comme elle devrait l'être. Il existe des pathologies semblables, comme le néronisme, ou encore le byzantinisme et l'administraphobie qui sont pourtant des maladies nuisibles à la société. Elles non plus ne sont pas prises en charge.

- je n'ai jamais entendu parler de ces maladies-là, dit Alexandre Dupont.

- C'est un peu normal, car elles sont relativement rares, comme le néronisme, par exemple, qui est réservé aux têtes couronnées. C'est d'ailleurs le prétexte pour ne pas les rembourser. Ceci dit, même sans être Dupont, il peut y avoir un rapport avec les ponts. Ainsi, par exemple, le roi Louis II de Bavière était prince des Deux Ponts, mais atteint d'un néronisme chronique qui finit par l'emporter.

- Moi, je ne puis prétendre qu'à un seul pont, dit Alexandre Dupont tristement, et j'aurai sûrement un manque de ressources pour me faire soigner correctement.

- Je peux vous proposer une solution, dit le spécialiste. Nous pouvons vous déclarer atteint d'une maladie beaucoup plus grave, une schizophrénie latente, par exemple. Vous serrez alors remboursé à cent pour cent. Si vous n'y voyez pas d'objection, nous ferons ainsi et mes consultations deviendront alors gratuites. Bien sûr, vous serez toujours protégé par le secret médical. C'est fondamental.

- En somme, dit Alexandre Dupont, c'est un peu comme la confession, mais laïque. Ce secret protège.

- Tout à fait, confirma le docteur. En tout cas, vous ne manquerez pas de soins. C'est garanti.

- Dans cette hypothèse, dit Alexandre Dupont, il ne faudrait surtout pas en informer le Ministère.

C'est ainsi qu'Alexandre Dupont fut déclaré très officiellement schizophrène et atteint d'une complication généalogique importante à surveiller dans l'intérêt public. Il en fut un peu inquiet, mais se jura de ne pas prendre les médicaments qui lui seraient prescrits à ce titre.

Par ailleurs, la réponse du psychanalyste ressembla sous un autre rapport à celle du prêtre qu'Alexandre Dupont avait déjà consulté.

- Quand il s'agit du prénom, avait confirmé le Professeur, la solution est simple. Il suffit d'en changer et le remède est efficace, comme dans mon propre cas. Des millions de personnes le font, sans qu'on ait jamais signalé de contre-indication ou d'effets secondaires. C'est ce qu'on appelle une pathologie légère. Par contre, pour le nom de famille, c'est plus grave. Il faut éviter de tomber dans une obsession semblable à la persécution qui se traduit par un rejet total de filiation naturelle. C'est alors un trouble de la personnalité qui pourrait avoir des conséquences épouvantables.

- Heureusement, vous n'en êtes pas là, poursuivit le spécialiste. Il faudrait vous en inquiéter si, par exemple, vous vous réveillez un matin avec la tentation d'assassiner toute personne du nom de Dupont. Il ne faut pas que les Dupont vous apparaissent brusquement comme une ligue hostile prête à vous anéantir.

- C'est vrai, confirma Alexandre Dupont. Nous n'en sommes pas là. Je suis naturellement non-violent, comme vous êtes végétarien. L'idée ne me serait même pas venue si vous ne m'en aviez parlé.

- Votre réponse est parfaitement saine, dit le praticien, et me rassure beaucoup. Vous comprenez bien qu'il est de mon devoir de m'en assurer. C'est ce qu'on nomme la déontologie. Il existe des Dupont doux, mais il y en a aussi de violents. Il faut prévoir tous les dangers possibles pour la société, car la psychanalyse est une activité responsable.

Il y eut un silence.

- Avez-vous des enfants ? demanda brusquement le spécialiste.

- Non, répondit Alexandre Dupont. Je n'en ai pas, mais j'ai une nièce, la fille de ma sœur. Elle s'appelle Sophie. Sophie de Lalande.

- Quel joli nom ! dit spontanément le Professeur Goldberg. Est-elle de la famille du grand compositeur ?

- Non, pas du tout, répondit Alexandre Dupont. Elle n'a aucune parenté illustre. C'est merveilleux comme deux petites syllabes supplémentaires devant le mot banal « lande » peuvent changer du tout au tout le poids d'un nom de famille.

- C'est vrai, confirma le praticien, on ne peut rien contre cela.

- Je ne crois nullement, je le dis souvent, à la démocratisation du génie, poursuivit Alexandre Dupont. L'idée me paraît absurde. Elle plaît à la fois aux électeurs et aux hommes politiques, car elle sert d'affirmation démagogique. Chez nous, les Dupont, et chez tous ceux qui nous touchent, de près ou de loin, le talent est rare. Nous sommes, en quelque sorte, interdits de grandeur.

- Ce que vous dites là est faux, croyez-moi, interrompit le Professeur Goldberg. Par exemple, le meilleur librettiste de

Mozart, Lorenzo da Ponte, n'est autre que Laurent Dupont. Voyez. Cela n'empêche rien.

- Attention ! répliqua Alexandre Dupont. Votre exemple est vénitien, mais à Venise, on ne peut évidemment pas coucher sous les ponts ! D'ailleurs, le plus petit pont de Venise, le Ponte Storto, c'est bien autre chose que les plus grands ponts de chez nous. Donc, les da Ponte n'ont jamais appartenu à la famille Dupont. Chez nous, on est nécessairement médiocre. C'est notre destinée à tous.

- Je vois, dit le Professeur, que vous poussez très loin vos conclusions sur l'importance des noms de famille. Il existe effectivement des prédispositions, ce qu'on appelle des noms prédestinés. Le fondateur de notre science lui-même s'y est intéressé. Donc, je ne nie pas tout en bloc. La psychanalyse met seulement en place des mesures palliatives. En tout cas, si j'ai un conseil à vous donner d'homme à homme, en supposant qu'il vous vienne un désir d'enfants, ayez-les hors mariage, sans non plus les reconnaître, pour éviter de leur transmettre la phobie du nom Dupont. Mais gardez cette remarque pour vous.

Alexandre Dupont fut sensible à cette preuve de confiance de la part du médecin et lui promit de tenir ce conseil secret.

* * * *

- C'est tout à fait extraordinaire, dit la réceptionniste de la clinique Saint Roch : vous aviez déjà un rendez-vous ce matin à 8h50 ?

- Mais non, pas du tout, dit Alexandre Dupont. Mon rendez-vous est pour 15h20.

- Attendez ! dit-elle : je vois effectivement qu'il y a un autre Alexandre Dupont. Il est venu ce matin.

- Un autre Alexandre Dupont ? dit Alexandre Dupont, surpris. Comment est-ce possible ?

- Ce n'est pas si rare avec un nom comme le vôtre, dit la secrétaire. De toute façon, ce n'est pas un problème, et surtout pas de votre faute. Mais il faut que je confirme les détails pour éviter toute confusion. Donnez-moi votre carte d'identité. Avec les homonymes, c'est le règlement. Quelle est votre date de naissance ?

- Le 18 juin 1944.

- C'est curieux ! dit-elle, le patient de ce matin avait aussi presque la même date, mais c'était le 13 et pas le 18. Il faudra quand même faire attention de ne pas vous confondre tous les deux. Heureusement, il n'a pas la même adresse. Et puis, il n'est pas remboursé à cent pour cent. Vous, c'est à Clichy et lui, c'est à Neuilly. Ce n'est pas pareil.

- Non, avoua Alexandre Dupont. Clichy et Neuilly, ce n'est pas du tout pareil.

- Le connaissez-vous ? demanda la réceptionniste.

- Ni d'Eve, ni d'Adam, répondit Alexandre Dupont. Pourquoi donc me posez-vous cette question ?

- J'imaginais seulement qu'ayant le même nom… enfin, c'était possible, reprit-elle, embarrassée. Rassurez-vous. On tiendra ces deux dossiers bien séparés.

- Il n'y a absolument aucun rapport entre nous ! affirma Alexandre Dupont, un peu froissé. Je ne connais pas du tout cet Alexandre Dupont dont vous parlez.

- Excusez-moi, dit la réceptionniste. Ce sera donc au deuxième étage. La salle d'attente est sur la gauche en sortant de l'ascenseur.

* * * *

- Nous procèderons de la manière suivante, dit le médecin. Vous vous allongez sur ce brancard coulissant, que nous ferons ensuite glisser à l'intérieur de l'appareil. Je vérifie seulement que vous n'ayez ni pacemaker ni rien de métallique implanté dans le corps. C'est à cause des champs magnétiques assez intenses dans cet appareil.

Alexandre Dupont confirma que c'était bien le cas.

- Voici une résille spéciale dont nous allons envelopper votre crâne, continua le médecin. Elle est tissée d'une multitude de détecteurs. Chacun d'entre eux est relié à un fil électrique, ce qui lui donne cet air de perruque. A l'autre extrémité, ces fils sont reliés à un ordinateur qui analyse en temps réel les réaction électromagnétiques de votre cerveau. Ensuite, un logiciel sophistiqué traite les données et nous donne un aperçu virtuel en trois dimensions de tout ce qui se passe dans votre esprit. Mon assistant, Monsieur Déroulède, le verra en temps réel sur un écran. Bientôt, nous allons tout savoir. Cependant, rassurez-vous, nous ne lisons pas vos pensées. Nous les transformons seulement en images

En un clin d'œil, Alexandre Dupont fut métamorphosé en objet d'analyse. Un écran s'alluma, des appareils tintèrent et l'assistant du médecin se mit à scruter intensément l'image d'un cerveau qui flottait devant lui comme par magie.

- C'est le vôtre ! affirma le médecin. Vous voilà comme vous êtes à l'intérieur du crâne. Nous pouvons tout voir sans même l'ouvrir.

- C'est fabuleux ! dit Alexandre Dupont. Je ne m'étais jamais vu ainsi. Maintenant, je comprends à quoi sert cette drôle de coiffure.

- C'est bon, dit le médecin à son assistant. On peut y aller !

Alexandre Dupont se retrouva dans un tunnel lisse comme l'intérieur d'une cheminée. Il se souvint de la méditation de Descartes à l'intérieur de son poêle, avec la différence que le tube dans lequel on l'avait glissé était tout froid et que nul ne saura jamais quels courants électriques circulaient dans l'occiput du philosophe au moment de sa plus célèbre intuition.

- Nous allons faire un test, dit alors le médecin. Ecoutez-moi bien et vous allez tout comprendre. D'abord, vous entendrez une musique apaisante pendant une dizaine de minutes. Le but est de vous aider à vous détendre. Tâchez de ne penser à rien, ou seulement à des souvenirs agréables.

Alexandre Dupont n'eut pas trop de mal à suivre ce conseil. Au bureau, il s'était longuement exercé à ne penser à rien et avait fini par en faire une habitude. Au bout d'un moment, il entendit une musique douce, qui était celle, lointaine, d'un concerto pour cor de chasse de Mozart.

- Nos recherches ont démontré que cette musique est l'une des meilleures pour soulager les nerfs, continua le médecin. Nous allons baisser insensiblement le volume. Laissez-vous gagner par la somnolence. Fantasmez. Ne résistez pas. Abandonnez-vous à la rêverie. Devant vous, vous verrez un petit point de lumière rouge. Fixez votre attention dessus et je vais vous lire quelques mots.

Les lumières baissèrent d'intensité et Alexandre Dupont se sentit envahi de torpeur. Puis, une voix atone murmura ces mots :

- Antoine, Alain, Adolphe, Alphonse, Albert, Antonin, Aboubaker, Achille, Arthur, Alexandre, Alfred…

- Vois-tu quelque-chose ? Demanda la voix du médecin?

- Non, répondit celle de l'assistant. Il n'y a rien. Vraiment rien. C'est quasiment plat. Pourtant, tout est branché. J'ai vérifié. Je vois seulement les deux hémisphères habituels en bleu et un tout petit frémisscment, mais à peine détectable.

- Pas de problème, dit le médecin. Si ça frémit, c'est qu'il y a du signal. C'est simplement que le sujet ne pense à rien. On recommence différemment. J'attends quelques minutes et on revient à zéro. Ensuite, on reprend la procédure au début.

Alexandre Dupont entendit de nouveau la musique douce du concerto de Mozart. Une sensation d'endormissement revint et la lumière rouge reparut. Il la fixa avec application. La voix atone se mit de nouveau à murmurer dans ses oreilles :

- Dufresne, Dupuis, Dugommier, Dumont, Durand, Duguesclin, Dutertre, Dupont…

Soudain, une alarme retentit, des voyants se mirent à clignoter et Alexandre Dupont se sentit parcouru dans tout le corps par un grand tremblement.

- C'est extraordinaire ! s'exclama le médecin. On a trouvé ! Goldberg a vu juste ! Il a raison !

- Je n'avais jamais vu ça, commenta l'assistant. Tous les appareils ont saturé.

- Que voyez-vous donc ? demanda Alexandre Dupont. Qu'avez-vous trouvé ?

- Il faut d'abord confirmer, dit le médecin. On assiste parfois à des phénomènes d'interférence avec l'environnement qui peuvent donner un pseudo-signal. Nos appareils sont hyper-sensibles. Un rien suffit à les perturber. Reprenons !

La même procédure fut répétée plusieurs fois de suite. Chaque fois que le nom : Dupont était prononcé, le résultat était le même.

- C'est vraiment tout à fait extraordinaire ! s'exclama le médecin, d'une voix de plus en plus satisfaite. Pas de doute. C'est absolument positif.

- Merveilleux ! renchérit l'assistant. Le diagnostic est confirmé.

- Qu'y a-t-il donc d'aussi extraordinaire ? demanda encore Alexandre Dupont. Que voyez-vous ?

- Ne vous inquiétez pas, dit le médecin. Nous observons simplement qu'à la mention de votre nom de famille, tout un côté des lobes de votre cerveau s'active intensément, ce qui se traduit par des signaux électriques si forts que les détecteurs en sont saturés. Ce n'est rien de particulièrement grave mais, pour nous, c'est très intéressant. Nous sommes une équipe de recherche et vous venez de faire avancer la science. Soyez-en fier ! C'est un très beau résultat.

- Tout cela est fort admirable, dit Alexandre Dupont, mais je ne suis pas, moi, un homme de science. Pouvez-vous m'expliquer ce que vous avez découvert ?

- Nous avons trouvé ceci, lui répondit le médecin. A chaque mention de votre nom, nos appareils ultrasensibles détectent une activité subite et anormale, des courants électriques qui affectent une seule moitié de votre cerveau, toujours du même côté, fortement concentrés sur un certain nombre de points névralgiques qu'on pourrait appeler des foyers. Ces courants circulent pendant assez longtemps avant de s'atténuer doucement, et de s'éteindre progressivement. Le phénomène se répète chaque fois de la même manière, toujours avec la même intensité et donne régulièrement les mêmes images, à peu de chose près. On peut en déduire que la même cause stimulante est invariablement suivie de la même conséquence électrique.

- Est-ce grave ? demanda Alexandre Dupont, effrayé. Je me souviens qu'une de mes grand-mères a perdu la mémoire en vieillissant et ne reconnaissait plus son propre nom. Cela risque-t-il de m'arriver ?

- En principe, répondit le médecin, notre observation, sur une seule séance, n'implique rien de si particulier ni de si grave. Il s'agit seulement d'une anomalie caractérisée, dont l'évolution est pour l'instant incertaine. Vous comprenez bien que nous venons de l'observer pour la première fois. C'est donc une indication clinique importante – un symptôme, si vous voulez – que nous ajouterons dans votre dossier médical et qui sera signalée à votre spécialiste traitant, le Professeur Goldberg, à qui il appartiendra ensuite d'en tirer les conclusions qui s'imposent. C'est la procédure préconisée

- Mais qu'en pensera-t-il ? demanda encore Alexandre Dupont.

- Nous ne pouvons pas le dire, expliqua le médecin. Cet examen n'est qu'un aspect d'une pathologie qui doit être considérée dans son ensemble avant d'envisager une thérapie. Cette étape ne fait pas partie de notre travail. Ce sera au Professeur Goldberg de décider s'il doit vous proposer un traitement médicamenteux. Nous, notre rôle est de lui apporter un complément d'information par l'imagerie. C'est un élément essentiel pour lui permettre d'établir le bon diagnostic.

Quelques jours plus tard, Alexandre Dupont reçut un appel de Madame Rose, qui lui enjoignait de venir retirer à son cabinet une ordonnance pour le traitement, suite à ses examens cliniques. Il lui fallait prendre des cachets mauves trois fois par jour, de préférence à l'heure des repas, puis revenir consulter un mois plus tard.

*   *   *   *

En contemplant un jour la foule immense et compacte qui s'agglutinait autour de lui dans le métro, Alexandre Dupont se demanda s'il était bien vrai que personne ne serait capable de comprendre sa profonde douleur et de partager le sentiment d'injustice que provoquait en lui la seule mention du nom : Dupont.

- Après tout, se dit-il, l'humanité ne peut être complètement insensible à ma situation. Il doit exister, aussi, d'autres cas comme le mien. Le problème est seulement d'attirer l'attention de mes semblables, ce que je ne puis obtenir en prenant la parole comme ceux qui font la manche dans les transports à l'heure de pointe.

Il se souvint alors de l'existence des fameux réseaux sociaux qui fabriquent la gloire à notre époque. Il s'était même inscrit sur quelques-uns d'entre eux dès leur invention, sans trop comprendre à quoi un tel abonnement pouvait servir.

- Voilà enfin la bonne utilisation ! pensa-t-il. Je vais poster un message au monde entier pour dire toute la douleur qu'on peut éprouver d'être Dupont. Il se trouvera bien des âmes sensibles qui la comprendront et même possiblement quelques-unes pour me donner d'utiles conseils.

Alexandre Dupont mit donc l'univers au courant de sa situation et de son mal-être, ce qu'il put faire très rapidement, car il avait acquis une certaine dextérité dans l'informatique au bureau et savait se repérer dans les arcanes de l'internet. Il faisait d'ailleurs confiance aux outils modernes de communication et se dit en rédigeant un « post » qu'il avait, somme toute, été assez bête d'entrer autrefois dans une église plutôt que de s'adresser tout de suite et sans truchement au ciel des cyberespaces.

- Il faut être de son temps, songea-t-il. L'Eglise n'est qu'un héritage du passé. L'homme moderne ne se tourne pas vers un confessionnal pour chercher un remède à ses maux. Il va tout de suite à la fontaine contemporaine de la sagesse humaine, forcément électronique. Là, il peut parler sans filtre aux gourous de notre planète, ceux qui détiennent tout le savoir accumulé dans les mémoires du monde entier.

Cette approche lui inspira une telle confiance qu'il fut sidéré de ne pas recevoir une réponse immédiate. Apparemment, la France moderne restait sourde et indifférente à la douleur des Dupont. Il vérifia bien plusieurs fois tous les cablages, ainsi que son accès à la Toile. Mais non, personne ne lui répondit pendant plus d'une semaine, ce qui représente une durée presque infinie à l'aune de la chronologie actuelle.

Alexandre Dupont était sur le point d'abandonner sa démarche quand il reçut un message tout à fait surprenant :

« Votre histoire ressemble vraiment beaucoup à la mienne, lui écrivait un mystérieux correspondant. Comme ma mère était grecque, je suis né Aristote Martin. Ma mère, qui n'avait vraiment aucune conception de ce que peut signifier un nom comme Martin, n'avait pas hésité à m'affubler du prénom Aristote, qui lui semblait assez ordinaire pour un poupon. Elle aurait pu faire encore plus fort en me prénommant Achille, mais fort heureusement, elle n'alla pas jusque-là.

Malgré tout, je dus poursuivre toute ma scolarité avec ce prénom d'Aristote accouplé à Martin, qui suscita l'hilarité générale depuis le jardin d'enfant jusqu'aux classes préparatoires. Je ne vous dis pas combien j'en ai souffert, car vous êtes bien placé pour le comprendre tout seul. A vingt ans, je pris la première grande décision de ma vie, celle de devenir Alfred pour épouser l'anonymat et me fondre dans le décor. Bien m'en a pris. Ce fut la plus sage des initiatives. Jour après jour, depuis ce moment-là, j'ai découvert qu'il existe toutes sortes d'avantages à passer inaperçu. Par exemple, avec Aristote, j'aurais été l'enfant caché d'une grosse fortune et le Fisc me serait évidemment tombé dessus. En tant qu'Alfred Martin, jamais le moindre contrôle fiscal. L'Etat ne m'a jamais soupçonné de dissimuler mes avoirs. Ceci dit, vous ne mesurez pas votre chance. Dupont, c'est beaucoup mieux que Martin. Mais vos parents ont fait erreur avec Alexandre. Ils auraient dû vous nommer Mithridate. Ils se sont trompés d'époque, voilà tout. »

Alexandre Dupont fut très surpris, non pas seulement de recevoir une réponse à son post, mais de l'acuité de jugement dont faisait preuve cet extraordinaire correspondant.

- Vraiment, se dit-il, il faut que je rencontre cet homme. Il est d'une sagesse étonnante.

Alexandre Dupont rédigea donc un message de réponse et proposa un rendez-vous. La rencontre eut lieu à la terrasse du café Rostand, devant le jardin du Luxembourg. Jusqu'au dernier moment, Alexandre Dupont se demanda si Aristote Martin serait grand ou petit, s'il porterait une barbe à la manière grecque et s'il tiendrait un discours fleuri. Mais rien de tout cela. L'homme qui l'aborda avait des lunettes rondes, une petite voix fluette. Alexandre Dupont lui trouva même un air de fonctionnaire des Postes avant de réfléchir qu'après tout, il était lui aussi fonctionnaire au Ministère de l'Egalité des Chances et qu'il créait peut-être une impression semblable auprès du grand public.

La conversation tourna vite aux échanges personnels :

- Que faites-vous donc dans la vie ? demanda Alexandre Dupont.

- Je travaille dans l'administration fiscale, répondit Aristote Martin. Cela peut vous paraître surprenant, mais un philosophe d'autrefois l'avait déjà constaté : une mouche n'est jamais plus en sécurité que sur le piège lui-même.

- C'est vrai, acquiesça Alexandre Dupont. Je l'ai souvent constaté. Les pièges à mouches ne servent absolument à rien.

- Le nombre, poursuivit Aristote Martin, voilà le secret des mouches. Le nombre, surtout quand il est immense, est une arme redoutable. L'homme qui n'a qu'une seule maîtresse a toutes les peines du monde à la cacher, mais celui qui en a trente-six ne rencontrera jamais ce problème. J'ai très vite appris le pouvoir du nombre et je suis devenu, au fil des années, l'une des nombreuses mouches de la République.

Faites donc comme moi. Je vous le conseille. Il faut avant tout réduire votre profil autant que possible. Devenez petit. Par exemple, soyez comme tout le monde sur les réseaux sociaux, car ne pas y être finit par attirer l'attention, mais n'y postez jamais rien de remarquable. Ce n'est pas du tout nécessaire. Ces réseaux sont un piège, tout simplement. Ne pas avoir de voilure, voilà la bonne ambition. De même, gardez votre nom de famille. Il est précieux. Mais abandonnez au plus vite Alexandre. C'est beaucoup trop. Faites comme moi avec mon Aristote. Soyez Arthur, par exemple. C'est infiniment mieux.

- Je n'y avais jamais pensé sous cet angle-là, répondit Alexandre Dupont. L'avantage du nombre pour échapper à l'inquisition des gouvernements est un point de vue nouveau pour moi. L'idée ne m'avait pas effleuré.

- J'ai pris conscience de cet avantage, continua Aristote Martin, quand j'ai exercé mon premier métier, celui d'agent du fisc. D'ailleurs, si vous avez jamais des difficultés de ce côté-là, adressez-vous à moi. Aujourd'hui, je suis devenu conseiller fiscal. C'est un peu la même chose, mais à l'envers.

- Vous gagnez sans doute beaucoup d'argent, dit Alexandre Dupont, impressionné malgré lui par l'audace et l'esprit d'entreprise de son interlocuteur.

- Oui, c'est un bon filon, répondit Aristote Martin. En plus, je travaille moins d'heures par jour. Parfois, je ne travaille même pas du tout et je continue de gagner des sous car j'ai investi tout mon capital dans des paradis fiscaux qui me rapportent énormément. Ceci dit, n'ayez pas peur. Pour vous, mes services seront gratuits. Vu la ressemblance entre nos situations, nous sommes déjà presque des frères. Je vous demanderai juste une petite somme, un placement que je ferai fructifier pour vous et que vous pourrez retirer quand il vous plaira. Voyez, c'est une question de solidarité. Nous appartenons tous deux à une famille très particulière mais très étendue : celle des hommes dont les noms et prénoms se combattent ou se contredisent.

- Cela n'arrive pourtant pas qu'aux hommes, objecta Alexandre Dupont.

- C'est vrai, continua Aristote Martin, mais les femmes ont un avantage particulier sur nous. Elles peuvent changer de nom à volonté pour résoudre ce dilemme. Elles peuvent même le faire plusieurs fois dans leur existence depuis que le divorce a été facilité et cette démarche leur rapporte même beaucoup d'argent si elle est bien gérée.

- Je vois que vous avez bien étudié la question, dit Alexandre Dupont, mais je me demande si vous avez raison de parler d'une famille. Il ne me semble pas qu'il y ait tant de monde dans notre cas.

- Détrompez-vous, répartit Aristote Martin, il en existe partout dans le monde et pas seulement en France. Vous seriez Chinois, votre nom de famille pourrait être Li. Voilà sans doute la masse patronymique la plus énorme de la planète. Elle a même débordé aux Etats-Unis, où Li est remplacé par Lee, mais le résultat est le même. Figurez-vous qu'en Mongolie, le gouvernement a cru introduire une différentiation entre citoyens en autorisant pour la première fois un libre choix de prénoms. Dès le lendemain, tous les êtres masculins de ce pays ont choisi le prénom Gengis Khan, ce qui a complètement annulé le bénéfice possible de la réforme.

- Voilà une conséquence bien singulière, avoua Alexandre Dupont, mais il me semble que de simples décisions administratives auraient du mal à résoudre le problème.

- Ce n'est un problème, justement, que pour les Etats, expliqua Aristote Martin. Pour nous, c'est ce qu'on appelle aujourd'hui une opportunité. Il faut profiter d'appartenir à des familles si grandes par le nombre. C'est beaucoup mieux que celles qui se croyaient grandes par la naissance. L'idéal, c'est même de jouer sur les noms qui passent les frontières. Je ne sais pas combien de

Dupont on trouve au Canada, mais il doit y en avoir pas mal. Je conseille souvent à mes clients qui le peuvent de faire des affaires dans un pays qui ne soit pas le leur et d'habiter encore dans un autre. En jouant sur les lois de trois pays différents, on peut échapper à tout contrôle et ne payer d'impôts nulle part. C'est alors seulement qu'on peut atteindre la liberté fiscale et administrative, prélude essentiel à la liberté tout court. Voilà la recette du bonheur. Il n'est pas nécessaire de chercher plus loin. Devenez Alfred ou Arthur et tous vos problèmes seront résolus.

*   *   *   *   *

Malgré ces excellents conseils d'un véritable expert en la matière, Alexandre Dupont ne fut pas tout à fait convaincu. La stratégie de l'anonymat était bonne, sans doute, mais ne correspondait pas à son ambition d'être ordinaire sans disparaître ni craindre le ridicule. Voyant que la religion, la psychanalyse et les réseaux sociaux n'avaient rien de valable à lui proposer, il prit enfin son courage à deux mains et résolut de porter sa demande jusqu'aux plus hautes sphères de l'administration. Cette résolution, il la prit dès le lendemain, dans un wagon bondé de la ligne 13, après une journée de travail au bureau particulièrement ennuyeuse, qui lui laissa tout loisir de réfléchir aux conséquences d'une vie passée entièrement sous la bannière de la gent Dupont.

Mais avant de franchir le Rubicon, il résolut d'aller demander l'appui de son chef de service, Monsieur Gaëtan Delpech, dont il respectait infiniment les avis.

- Après tout, se dit-il, je suis fonctionnaire au Ministère de l'Egalité des Chances depuis si longtemps que je mérite bien ce petit coup de pouce. Ce n'est pas demander une faveur. Je suis ce qu'on nomme communément un fidèle serviteur de l'Etat. On me paye des clopinettes pour un nombre infini d'heures de travail, penché sur des kilomètres de dossiers qui ne sont jamais consultés par personne une fois qu'il sont classés, mais qu'il faut préserver dans une atmosphère à humidité et à température constantes jusqu'à la fin des temps. Je peux quand même réclamer cette bien maigre récompense en échange d'une vie de sacrifices et de privations.

Après avoir rasé les murs du bureau et du couloir, il parvint jusqu'à la porte de ce supérieur plus aimable que les autres, avec lequel il avait eu l'occasion de sympathiser, malgré les règlements stricts de la hiérarchie imposée par les statuts.

Il frappa discrètement à la porte avec toute l'humilité du fonctionnaire subalterne. La voix caverneuse de son chef lui intima d'entrer.

- Bonjour, Monsieur Delpech, dit Alexandre Dupont, excusez-moi de vous déranger. J'aurais un conseil et peut-être même une faveur à vous demander…

- Parlez, Dupont, dit celui-ci avec bienveillance. Qu'est-ce donc qui vous amène aujourd'hui ?

Alexandre Dupont surmonta sa timidité naturelle et expliqua toute les difficultés qu'il avait éprouvées depuis sa plus tendre enfance à porter le nom de Dupont, augmentées au-delà de tout ce qu'on peut imaginer par le contraste avec le prénom d'Alexandre. Son chef de bureau fut très étonné :

- Mon pauvre Dupont, lui dit-il, je vous croyais mieux dans votre peau que cela, mais je dois dire aussi, maintenant que vous m'en parlez, que je comprends un peu votre problème. Etant moi-même un Delpech, j'ai éprouvé, à une bien plus petite échelle, bien sûr, étant seulement méridionale, des difficultés d'accoutumance à mon nom qui ressemblent un peu aux vôtres. Etes-vous vraiment sûr de vouloir changer de nom ?

- Sûr et certain, Monsieur Delpech, répondit Alexandre Dupont, et si vous pouviez m'aider dans cette démarche, je vous en serais profondément reconnaissant.

- La République n'est pas insensible aux malheurs de ses citoyens, expliqua Delpech, mais nous sommes un état de droit. Il faut travailler dans le cadre législatif très précis mis en place par Bonaparte, qui institua les registres de l'Etat Civil peu après la Révolution Française, mettant fin à des abus scandaleux qu'entérinaient les listes des paroisses selon la fantaisie des grandes familles et des curés de campagne. Les noms, depuis lors, sont devenus un trésor, un bien public dont la préservation est l'une des activités essentielles de l'Etat. Je ne suis pas spécialiste dans le domaine, mais je sais qu'on ne plaisante pas avec les extraits d'acte de naissance, dont la falsification est sévèrement punie. Tout cela est parfaitement codifié par l'Administration. Ceci dit, j'ai une amie haut placée dans ce Ministère qui pourrait peut-être vous aider dans votre démarche. Il ne s'agit pas, évidemment, de passer devant les autres, mais si vous allez chez elle de ma part, ce petit mot pourrait vous aider à obtenir un rendez-vous.

Alexandre Dupont repartit heureux d'avoir obtenu de Monsieur Delpech un témoignage aussi éclatant de la considération que son chef avait pour lui. Il en fut si heureux qu'il en oublia même de raser les murs en revenant à son bureau. Effectivement, le nom de Gaëtan Delpech ouvrait les portes. Il n'eut aucune peine à décrocher un rendez-vous avec Madame Dunoyer, cheffe de cabinet auprès d'un Ministre.

- Que puis-je pour vous ? lui dit-elle avec amabilité.

Alexandre Dupont lui exposa son affaire.

- Je dois dire que cela est assez compliqué, lui répondit Madame Dunoyer. En plus, nous croulons actuellement sous les demandes. Vous avez bien fait de suivre la voie hiérarchique pour parvenir jusqu'à moi, mais il y a des règles très contraignantes et nous sommes obligés de les appliquer dans tous les cas. Vous pouvez demander à changer de nom de famille seulement pour certains motifs bien précis. Il est bien évident que l'Etat doit garder la haute main sur de tels changements, qui peuvent avoir des conséquences profondes quand il s'agit de filiation, de parentés, d'héritages, d'imposition et tout simplement de changements d'identité...

- Quels sont ces motifs autorisés demanda naïvement Alexandre Dupont. Le citoyen n'a-t-il pas, s'il est peu satisfait de son nom de famille, un recours administratif pour devenir tout simplement lui-même ?

- Je ne sache pas qu'un tel droit existe, rétorqua vivement Madame Dunoyer, ni même qu'il soit le moins du monde souhaitable de l'établir. Le droit d'être soi-même serait une démarche impossible à justifier, à certifier, à vérifier ou à incorporer dans les actes de la République. L'Etat, c'est évident, est seul à savoir véritablement qui vous êtes et c'est très bien ainsi. Si vous perdiez la mémoire ou la raison ou tous les membres de votre famille, qui d'autre pourrait garantir que vous êtes bien vous-même ? Aucune autre instance ne pourrait en témoigner. L'Administration, avec la meilleure volonté, peut seulement vérifier votre date de naissance, votre lieu de résidence, votre nom et au besoin ce qui est inscrit sur votre casier judiciaire. Le droit à être soi-même ne peut par conséquent donner lieu à un suivi à partir du moment où les noms inscrits dans l'Etat Civil pourraient changer selon les caprices d'un individu quel qu'il soit. Si je prends l'exemple d'un homonyme, un autre Dupont, Alexandre, il se pourrait aussi qu'il n'ait jamais payé ses impôts, qu'il soit bigame, qu'il ait fui à l'étranger, ou qu'il soit condamné en France pour escroquerie. Voilà des choses qui nous intéressent, car nous pouvons les établir. Par exemple, il est fort peu probable qu'il ait la même date de naissance que vous. Voilà comment l'Etat nous protège tous.

- Je veux bien, dit Alexandre Dupont, mais alors, pourquoi aurais-je quand même le droit de changer de prénom ?

- Le prénom est une autre affaire, expliqua Madame Dunoyer. D'abord, il est de tradition, il est vrai, contestable qu'il soit choisi par les parents et non par l'Etat. Il est donc plus difficile d'en contrôler l'usage. Autrefois, nous imposions pour restreindre des abus possibles (surtout dans les provinces séparatistes) qu'il soit limité aux saints du calendrier ou aux noms de grands hommes reconnus par la Nation, pour éviter que les revendications politiques se mêlent à ce choix, ou simplement que les enfants soient affublés de sobriquets ridicules. Mais nous avons dû assouplir les règles, compte tenu de la liberté religieuse et de la présence de nouvelles ethnies sur le territoire national. Voyez, l'Etat évolue aussi dans ses pratiques et tient compte des désirs de la population quand cela est compatible avec la loi...

- Je comprends bien qu'il y a des règles à suivre, dit Alexandre Dupont. D'ailleurs, je suis moi-même fonctionnaire de l'Etat. Je ne vais donc pas les contester. Mais quelles sont ces règles qui peuvent justifier un changement de nom ?

- Les voici, dit Madame Dunoyer. Vous portez un nom difficile à porter car perçu comme ridicule ou péjoratif. Ce n'est pas votre cas, me semble-t-il. Vous portez un nom qui a été rendu célèbre dans les médias et qui est porteur d'une mauvaise réputation. Je ne pense pas que ce soit votre cas non plus. Vous voulez éviter l'extinction d'un nom de famille en usage depuis longtemps dans votre famille. Je crois savoir que vous n'avez pas d'enfants. Est-ce exact ?

- C'est bien le cas, répondit Alexandre Dupont, mais on ne manque pas de Dupont. Il y en a partout.

- Attention, car l'extinction du nom de famille pourrait aussi s'appliquer à celle de votre mère. Dans ce cas, vous pourriez rajouter ce nom à celui de Dupont avec un tiret entre les deux pour crée un nom composé…

- Cela donnerait Dupont-Cornillard. Ce n'est pas une option dans mon cas.

- Vous voulez consacrer l'usage constant et continu d'un nom que vous utilisez depuis longtemps et qui vous identifie publiquement. Par exemple, vous êtes un médecin connu comme le docteur Dupont alors que le nom indiqué sur votre passeport est Durand.

- Voilà une idée bien étrange, commenta Alexandre Dupont. Pourquoi le docteur Durand exercerait-il son métier sous le nom de Dupont ? De toute manière, je ne suis pas médecin. Donc, le problème ne se pose pas.

- Autre motif, continua imperturbablement Madame Dunoyer : Vous et vos frères et sœurs portez des noms différents et vous voulez porter le même nom. Dans ce cas, vous devez avoir le même père et la même mère. Les demandes de demi-frères ou demi-sœurs ne sont pas acceptées.

- Je n'ai qu'une sœur, précisa Alexandre Dupont. Elle a le même nom de famille que moi, car nous avons le même père et la même mère. Ce cas me paraît bien étrange. Je n'ai ni demi-frère, ni demi-sœur. Tout ceci est bien compliqué.

- Vous voulez éviter les conséquences de la gravité des actes pour lesquels votre père ou votre mère a été condamné, poursuivit Madame Dunoyer. Voilà encore un motif acceptable.

- Il me semble que mon cas est désespéré, avoua Alexandre Dupont. Je n'entre dans aucune de ces cases.

- Ne désespérez pas ! interjeta Madame Dunoyer. La République a aussi prévu quelque chose qui pourra vous aider. Des motifs d'ordre affectif peuvent aussi, dans des circonstances exceptionnelles, justifier un changement de nom pour motif légitime. Attention que, si vous voulez modifier un nom à consonance étrangère, il faudra probablement une procédure de francisation.

- Il n'y a pas plus français que Dupont ! s'écria Alexandre Dupont. Là n'est pas le problème.

- Effectivement, concéda Mme Dunoyer. Il ne peut y avoir de doute à ce propos, mais encore faut-il voir comment vous cherchez à le modifier.

- Je ne pensais pas le modifier, expliqua Alexandre Dupont. Je cherchais tout simplement à en changer, à devenir ou Bailli ou Maréchal…

- Non, vous allez beaucoup trop loin, dit Mme Dunoyer. C'est tout à fait impossible ! Vous pouvez juste changer une lettre. Par exemple, étant Dupont, vous pouvez assez facilement devenir Dumont. Si vous étiez Monsieur Lecornu, vous pourriez devenir Monsieur Leconnu. Cette liberté-là est reconnue par la République. Dans certains cas, par exemple pour les noms étrangers qui passeraient mal dans notre langue, il existe des exceptions plus importantes, mais elles ne peuvent s'appliquer au nom Dupont.

Ainsi se termina le rêve d'Alexandre Dupont : changer de nom tout en respectant les règles de la République. Devenir Dumont après avoir été Dupont n'était pas une perspective satisfaisante. Il fallait trouver mieux.

* * * *

Madame Dupont reçut peu après un appel alarmé de Madame Rose.

- Excusez-moi, Madame, de vous déranger. Il est arrivé une chose surprenant et tout à fait inattendue au sujet du traitement de votre mari. Je viens d'être contactée par la clinique où il a fait son scan du cerveau.

- Comment cela ? dit Madame Dupont, pleine d'inquiétude.

- Oui, il y a confusion. Nous avions reçu de cette clinique un scan qui indiquait une lésion assez grave, pour laquelle il fallait de nouveaux examens. C'est en préparation de ce deuxième examen que nous avons fixé un rendez-vous pour Alexandre Dupont la semaine prochaine. Mais il semble qu'il y ait une confusion. En fait, il y avait deux patients du nom d'Alexandre Dupont le jour où votre mari a eu son scan. La clinique, semble-t-il, a confondu les deux dossiers. En fait, ce deuxième rendez-vous dont je viens de vous mettre l'avis au courrier, il ne faut pas en tenir compte. Il n'est pas du tout pour vous.

- Mais les résultats de la première analyse, ceux qu'on nous a communiqués, étaient-ils bons ?

- Mais oui, Madame ! C'est un peu difficile à expliquer. Il faut croire que l'administration de la clinique a voulu faire le ménage dans ses dossiers à la fin du mois en numérisant tous les documents et que la confusion est intervenue après les rendez-vous. Ce serait alors que les dossiers auraient été mélangés. Donc, il n'y a aucune incidence sur les soins de votre mari, rassurez-vous.

- Mon mari doit il continuer à prendre ses pilules ? Normalement, il n'aime pas les médicaments mais, cette fois, comme ils étaient prescrits par le Professeur Goldberg, en qui il a une grande confiance, il avait fait une exception…

- Mais oui, Madame, il ne doit sous aucun prétexte interrompre son traitement. C'est bien à lui que les pilules sont destinées.

- Quelle histoire ! C'est vraiment surprenant que la clinique ne soit pas plus attentive...

- Vous savez, l'erreur humaine est toujours possible. En général, pour les homonymes, la date de naissance suffit à rétablir les choses mais figurez vous que votre mari est né le 18 et l'autre patient, le 13 du même mois de la même année. Les deux chiffres 8 et 3 écrits à la main se ressemblent beaucoup. Ils ont sans doute été intervertis par l'infirmière chargée de reporter les dates dans l'ordinateur, d'où la confusion entre ces deux dossiers. De toute façon, il n'y aurait pas eu d'erreur médicale, car les symptômes de votre mari ne sont pas du tout les mêmes que ceux de l'autre Alexandre Dupont, ce qu'un nouveau scan aurait tout de suite révélé, mais l'examen aurait été parfaitement inutile. J'évite donc le dérangement à Monsieur votre mari en vous téléphonant.

Quand vous recevrez par courrier la convocation de la clinique, veuillez simplement me la retourner. Je me chargerai du reste.

- Je vous remercie de votre vigilance, Madame. C'est vraiment un hasard malencontreux que deux patients du même nom se soient présentés le même jour.

- Vous savez, dit Madame Rose, on n'est jamais suffisamment méfiant. C'est sûr qu'avec un nom aussi répandu que celui de Dupont, il faudrait toujours se souvenir de redoubler d'attention.

- Vous avez bien raison Madame. C'est un inconvénient auquel je n'avais pas songé. Merci néanmoins pour votre appel.

- Nous sommes là pour ça, Madame. Je vous souhaite une agréable journée.

* * * *

La rencontre d'Alexandre Dupont avec Augustus Schmidt eut lieu tout à fait par hasard sur le parcours de la ligne 13, à la station de la Fourche. Ils venaient apparemment de directions contraires, mais leurs chemins se croisèrent à cet endroit.

En descendant une volée de marches, ils se heurtèrent et le parapluie pliant qu'Alexandre Dupont portait à la main tomba jusqu'en bas de l'escalier. Monsieur Schmidt, très alerte, se précipita pour le rechercher et s'excusa en le présentant :

- J'allais trop vite, expliqua-t-il, veuillez m'excuser, Monsieur.

Alexandre Dupont, qui n'avait pas l'habitude qu'on lui donne du Monsieur, fut agréablement surpris par tant de politesse et soupçonna aussitôt l'inconnu d'être étranger. Il sentit que la réputation de courtoisie de la France était en jeu et s'appliqua à répondre le mieux possible. C'est ainsi qu'ils se retrouvèrent à prendre ensemble un crème et des croissants à la terrasse d'un café dans l'avenue de Clichy.

- Etes-vous simplement de passage à Paris, demanda Alexandre Dupont, ou venez-vous pour affaire dans notre capitale ?

- Ni l'un ni l'autre, répondit Augustus Schmidt, il se trouve que j'habite aux Batignoles depuis quelques années. La vie parisienne me plaît beaucoup et je me sens mieux ici que dans mon pays natal.

- Voilà qui est bien étrange, répondit Alexandre Dupont. En général, on ne fuit pas sans raison le pays de sa naissance.

- C'est vrai, dit Augustus Schmidt. Mais vous voyez, si je ne portais pas le nom de Schmidt, je m'y sentirais très bien. Le problème, c'est qu'il y a des Schmidt à tous les coins de rue dans Berlin. J'ai l'impression de ne plus vivre chez moi, mais d'empiéter sur le territoire des autres. A Paris, je ne trébuche pas sur mes semblables et c'est sans doute pour cela que je m'y plais davantage.

- Voilà qui est bien extraordinaire ! s'exclama Alexandre Dupont. Moi, un peu comme vous, je porte le nom Dupont. Or, des Dupont, on en trouve tellement en France que je ne sais plus où donner de la tête. En fait, j'ai même un traitement chez un psychanalyste de ce quartier car la pression qu'exerce sur moi ce nom de famille m'est devenue insupportable.

- Je vous comprends, renchérit Augustus Schmidt, mais imaginez en plus que j'ai pour prénom Augustus, soit le nom d'un empereur romain. Quoi de plus ridicule que d'avoir réuni ce prénom avec mon nom de famille ? Voyez que je ne puis vivre en Allemagne.

- Quelle coïncidence ! dit encore Alexandre Dupont. Mon prénom est Alexandre. Vous voyez la difficulté d'être à la fois Alexandre et Dupont.

- J'ai tout compris, dit Augustus Schmidt.

- Nous pourrions presque échanger nos prénoms, dit en riant Augustus Schmidt. Après tout, ils commencent par A.

- Je ne vois pas ce que nous y gagnerions, dit Alexandre Dumont. Nous sommes tous les deux affublés de prénoms qui révèlent la médiocrité des temps modernes par le simple contraste avec nos noms.

- Vous avez mille fois raison, répondit Augustus Schmidt. Comment faites-vous malgré tout pour vivre à Paris ? A votre place, j'aurais fui depuis longtemps…

- Pour moi, expliqua Alexandre Dupont, ce serait un gros problème d'émigrer. Je n'ai jamais eu le don des langues et le monde, depuis belle lurette, ne parle plus notre langue. Je me demande pourquoi d'ailleurs, mais ce n'est pas moi tout seul qui peut y changer quelque-chose. Je suis donc condamné à rester dans le monde où je suis né, car la France n'a plus de colonies. En plus, je suis marié et je ne vois pas du tout mon épouse se mettant à l'espagnol ou à l'allemand.

- C'est fâcheux, j'en conviens, dit Augustus Schmidt. Vivre toujours dans le même pays quand on porte un nom comme le nôtre, c'est subir mille contrariétés.

- Mais oui. Tenez, pour m'accueillir ici, le garçon croit me faire plaisir en me gratifiant d'un sonore : Bonjour, Monsieur Dupont ! articulé de toutes ses forces pour que toute la terrasse sache que je suis un Dupont. Il ne fait jamais aucune mention de mon prénom. J'aurais mieux aimé qu'il me crie : Bonjour Alexandre ! même s'il ne me connaît que de vue, mais cela, je sais que je ne l'obtiendrai jamais. Pour tout le quartier, je suis donc un des innombrables Dupont. Voyez que le prénom, finalement, ne sert à rien. Et quand à mes collègues de bureau, du plus loin qu'ils me voient, ils disent : Ah, voilà Dupont ! comme si mon arrivée remettait un meuble à sa place, un de ces accessoires dont on a vaguement besoin quand on s'aperçoit de son absence.

- J'ai connu exactement ça, dit Augustus Schmidt. Nous ressemblons aux fantômes que craignent les Japonais, car leur âme est effacée de leur corps, ce qui se marque par la disparition complète des traits de leur visage.

- Vous seul m'avez tout de suite compris, constata Alexandre Dupont. Je voudrais seulement un nom qui évoquerait une province agréable, une profession utile, un terroir, voire une appartenance étrangère évocatrice d'un petit mystère. Dupont, ça ne dit rien de tout cela à personne. C'est un nom qui n'en est pas un, une étiquette anonyme. C'est pire que de passer complètement inaperçu. Qui peut avoir une idée de la souffrance de la longue lignée des Dupont ? Peut-être que les Schmidt, les Smith et les Bartolo sont les seuls à pouvoir nous comprendre. Voilà une manière de rassembler les peuples qui ferait mieux et plus vite que d'abolir les frontières de l'Europe.

Dès ce moment, avec Augustus Schmidt, ils se sentirent amis intimes. Ils se firent, au cours de cette première rencontre, des confidences auxquelles on ose seulement se livrer après des années d'amitié.

- De quoi vivez-vous à Paris ? demanda Alexandre Dupont.

- Ma profession est un peu particulière, expliqua Augustus Schmidt, mais puisque nous sommes en confiance, je peux vous en parler, car je sais que vous garderez le secret.

- Mais oui, cela va de soi, dit Alexandre Dupont. Nous sommes désormais amis. Nous pouvons tout nous dire.

- Eh bien ! continua Augustus Schmidt, j'ai essayé beaucoup de métiers, car mon père est mort au siège de Léningrad et ma mère, n'ayant ni ressource, ni qualification quelconque, a dû elle aussi faire n'importe quoi pour survivre. Je vous passe ces détails. En tout cas, je n'ai jamais fréquenté l'école. Ce que je sais, je l'ai appris en le faisant. Je me suis trouvé successivement apprenti menuisier, peintre en bâtiment, cantonnier, ouvrier agricole, cireur de bottes, fossoyeur, terrassier et même éboueur. De chacun de mes nombreux métiers, j'ai retenu quelque-chose. Mais comme aucun ne nous rapportait assez pour vivre, j'ai dû exercer en parallèle une activité moins avouable, mais beaucoup plus rémunératrice – celle de cambrioleur.

- Vraiment ? dit Alexandre Dupont, très étonné. Mais comment faites-vous aujourd'hui à Paris ?

- Ecoutez, expliqua Augustus Schmidt, cambrioleur, à Paris, c'est très porté. Je me suis donc tout de suite senti chez moi. J'ai fait de nombreux amis et j'appartiens maintenant à beaucoup de réseaux, car j'ai une spécialité très recherchée. Je suis crocheteur professionnel. C'est à dire qu'aucune serrure, ancienne ou moderne, ne me résiste. Je me moque également des caméras de surveillance et du blindage des portes. Je suis aujourd'hui Monsieur Passe-Partout (c'est beaucoup mieux que Herr Schmidt) et je n'ai plus besoin d'exercer aucun autre métier.

- Voilà une solution ! s'exclama Alexandre Dupont. Vous échappez à tout, mais cela nécessite beaucoup de talent.

- Je dois avouer, dit Augustus Schmidt, que je ne cherche pas du tout à m'effacer comme ça. Depuis que je vis en France, je ressens une sorte de vide autour de moi. C'est ce que j'appellerais une absence de Schmidt. J'ai l'impression qu'il n'y en a plus. C'est très étrange. Du coup, j'ai eu l'idée de faire imprimer des cartes de visite. Tenez ! En voici une !

Et il tendit à Alexandre Dupont une carte ornée d'une belle écriture anglaise, imprimée à l'ancienne, avec juste ces mots dessus

Augustus Schmidt
Cambrioleur Professionnel
Paris, Berlin et Strasbourg
Sans téléphone

- C'est une très jolie carte, dit Alexandre Dupont, mais à quoi peut-elle bien vous servir ?

- Maintenant que j'ai trouvé ma voie, dit Augustus Schmidt, je ne veux plus passer inaperçu, d'autant plus que j'ai atteint le sommet de mon art et que beaucoup d'équipes font aujourd'hui appel à moi pour des portes difficiles à ouvrir ou des coffres-forts soi-disant inviolable. Donc, quand j'ai fini mon travail, je dépose toujours une carte à côté pour signer ce que j'ai accompli. Je ne veux pas devenir simplement Monsieur Passe-Partout.

- Croyez-vous que cette carte puisse vous faire connaître ? demanda Alexandre Dupont, un peu étonné par cette méthode.

- Mais bien sûr ! expliqua Augustus Schmidt. Cela marche formidablement bien ! Je ne vous ai pas raconté mon dernier coup. J'ai fracturé en pleine nuit un Commissariat pour des bijoux que nous voulions récupérer dans le coffre. J'avais déjà déposé ma carte et, au moment de partir, j'ai eu la curiosité de chercher à la lettre S ce que contenaient leurs archives. J'y ai retrouvé une vingtaine de mes cartes, avec un commentaire, rédigé par un de ces détectives amateurs qu'on trouve un peu partout dans les postes de police.

- Et que disait le commentaire ? demanda Alexandre Dupont.

- C'était à peu près ceci, répondit Augustus Schmidt. « Ces cartes sont certainement une fausse piste, destinés à semer la confusion. Depuis peu, nous les trouvons un peu partout dès qu'un cambriolage nous est signalé, mais il y en a trop pour que ce soit convaincant. Il s'agit sans doute d'une mauvaise plaisanterie répandu par plusieurs bandes de malfaiteurs qui se les passent entre eux... »

- Vous voyez bien que ça ne marche pas, dit Alexandre Dupont. Il ne suffit pas de faire de la publicité pour être crédible.

- Détrompez-vous, dit Augustus Schmidt en riant. Les flics n'y croient peut-être pas, mais ils en parlent et, surtout, ils interrogent tous leurs suspects. Mon identité, évidemment, meuble les conversations, car elle est devenue le fait le plus marquant. C'est ainsi que ma réputation a bondi depuis que j'utilise ces cartes. Je suis de plus en plus sollicité, non plus par de la petite délinquance, mais pour de grosses affaires, par les réseaux les plus importants. Augustus Schmidt est aujourd'hui l'une des pointures du Milieu. En tout cas, si jamais vous avez besoin d'un service dans ce domaine, vous pouvez compter sur moi. Nos histoires se ressemblent tellement que j'aurais du mal à refuser de vous aider.

Et Augustus Schmidt sortit un stylo bille de sa poche pour écrire à la main sur la carte le numéro de téléphone qui manquait.

- Je l'ai écrit à l'envers, expliqua-t-il, mais en fait, ce n'est même pas le mien. C'est celui d'une personne qui me connaît et prend des messages. Il vous demandera de vous identifier et vous rappellera plus tard pour fixer un rendez-vous. La précaution est nécessaire, mais surtout : ne perdez pas cette carte. Elle vaut de l'or.

*   *   *   *

Quelques jours plus tard, Madame Rose eut la surprise de revoir Alexandre Dupont.

- C'est une urgence, expliqua-t-il. Il s'agit d'un effet secondaire que je dois impérativement signaler au Professeur Goldberg.

- Ce sera difficile, répondit-elle : la journée est terriblement chargée. Je ne vois pas du tout quand le Professeur pourrait vous recevoir. Si vous êtes prêt à attendre une heure ou deux, je veux bien essayer de vous glisser entre deux patients.

Effectivement, une heure et demie plus tard, elle revint le chercher. C'est que le Professeur Goldberg fondait de grands espoirs sur le syndrome Dupont, au point de faire attendre tous les autres patients ce jour-là.

- Vous demandez à me voir, dit-il à Alexandre Dupont, et il paraît que c'est urgent. Que c'est-il donc passé ?

- C'est mon épouse qui m'envoie, expliqua Alexandre Dupont. Elle est très alarmée.

- Mais qu'est-ce qui la préoccupe tant ?

- Voici : depuis que je prends les pilules mauves que vous m'avez prescrites, elle dit que je confonds tout. Par exemple, au lieu de demander mes lunettes, il m'arrive de réclamer mes fenêtres. Je ne me souviens pas de l'avoir fait, mais voilà ce qu'elle dit.

- Y a-t-il d'autres exemples ? demanda le Professeur Goldberg, intéressé.

- L'autre jour, elle m'a demandé une poêle à frire et je lui ai donné une marmite. Pour elle, cela rend le quotidien très compliqué.

- Je le comprends, dit le Professeur Goldberg, mais enfin, ce n'est pas grave en soi. Madame votre épouse pourrait très bien (et je le recommande) acquérir un petit carnet pour y noter ces nouveaux synonymes. Par exemple, elle y marquerait « lunettes = fenêtres » et

« poêle à frire = marmite ». Cela ralentit un tout petit peu la conversation, mais ce n'est pas insurmontable.

- C'est vrai, dit Alexandre Dupont. Ce serait un moyen. Je n'y avais tout simplement pas pensé. Un tel lexique serait très utile. Je le lui recommanderai de votre part.

- Puisque vous êtes ici, continua le Professeur, nous allons en profiter pour faire un test. C'est une méthode tirée des science cognitives qui est fort en usage à présent. On l'appelle le test Schwarz-Metterklung ou, plus simplement, la méthode thérapeutique question-réponse. Voici comment on fait. Je vous pose une question, ou même : je vous dis un seul mot et vous répondez sans réfléchir la première chose qui vous vient à l'esprit. Je commence :

- Quel est votre nom ?

- Goldberg, Anatole.

- Non, dit le Professeur, ce n’est pas mon nom que je vous demande. Dites-moi votre nom, pas le mien.

- Dupont, Alexandre.

- Quel est votre prénom ?

- Dupont.

- Et votre nom de famille ?

- Alexandre.

- Oui, dit le Professeur, assez fièrement. Ce n’cst pas un mauvais résultat. Tout bien considéré, l’Administration s’y retrouvera toujours. Il suffirait même de changer de prénom. C’est une avancée, même si elle n’est due qu’au médicament que je vous ai prescrit. Mais reprenons. Quel est le nom de votre épouse ?

- Je ne le sais plus, avoua Alexandre Dupont, après quelques minutes d’efforts infructueux.

- Ne serait-ce pas Arsinoë ? insista le Professeur.

- C'est un peu comme ça, mais ce n'est pas tout-à-fait ça, répondit Alexandre Dupont. Mais oui, vous avez peut-être raison. Cela pourrait bien être Arsinoë ou quelque-chose d'approchant.

- Pas de problème, dit le Professeur. Il y a deux solutions. La première serait une séance d'hypnose, dont votre femme ressortirait avec pour seul prénom Arsinoë. A terme, ce sera la meilleure approche. La deuxième, entretemps, est d'inscrire au carnet « Arsinoë = Aglaé ».

- Mais oui ! s'exclama Alexandre Dupont. Evidemment, c'est Aglaé !

- Continuons ! poursuivit le Professeur. Je vous dis : navet !

- Monsieur Delpech, répondit Alexandre Dupont.

- Maintenant : poireau !

- Hercule, dit Alexandre Dupont, sans même y penser.

- Oui, c'est vrai, dit le Professeur. Un autre nom un peu comme le vôtre. Voyez que ces pilules n'abolissent pas du tout la réflexion.

- Puis-je vous poser une question, Monsieur le Professeur ? demanda timidement Alexandre Dupont, enhardi par ce succès.

- Allez-y, dit le psychanalyste avec bienveillance.

- N'auriez-vous pas aussi des pilules pour mon épouse, qu'elle pourrait prendre en même temps et qui simplifieraient les choses en lui évitant d'avoir à tenir un carnet de synonymes ?

- C'est une excellente question, répondit le Professeur Goldberg, mais jusqu'à présent, la déontologie nous interdit de traiter deux patients ou même un groupe de patients quand il n'y en a qu'un qui soit touché par une pathologie. C'est un peu lourd, j'en conviens. On peut le regretter, mais nous avons des règles, imposées par une convention nationale des psychothérapeutes et l'Etat ne nous permet pas de nous en affranchir.

- Ah oui, l'Etat ! dit pensivement Alexandre Dupont. J'oubliais l'Etat. C'est sans doute encore l'effet des pilules mauves.

* * * * *

L'idée de tenir un carnet déplut à Madame Dupont dès que son mari lui en parla.

- Quelle absurdité ! s'écria-t-elle, et comment savoir si le même carnet pourrait servir d'un jour à l'autre ? Peut-être que la situation évoluera et que les synonymes changeront le mois prochain ? Ce Professeur Goldberg est-il même capable de fournir la liste de mots qui vont changer de sens à cause de ses pilules mauves ? A mon avis, tu devrais cesser tout de suite de les prendre. La psy, c'est une chose, mais les produits chimiques, c'est forcément dangereux. Je te conseille de ne plus prendre ces cachets et d'espacer tes visites chez le Professeur. Comme tous les pontes, il cherche à se faire valoir par des expériences et il finirait par te transformer en cobaye. Un peu de médecine, c'est bien, mais trop, c'est dangereux.

Madame Dupont était la sagesse même, et Alexandre Dupont, après réflexion, se rangea à son avis. En tout cas, la médecine ne proposait rien qui puisse vraiment soulager la douleur d'être Dupont. Il fallait forcément trouver autre chose.

Il donna rendez-vous à Arsène Durand, au café du Commerce, pour discuter de sa situation. Son ami d'enfance comprenait mieux ses souffrances que toute autre personne. Aglaé les connaissait bien aussi mais, au bout d'un moment, se fatiguait d'entendre jour après jour la même histoire. Elle avait alors des mouvements d'humeur qu'Alexandre ne savait pas gérer. Il valait donc mieux se confier à son ami Arsène, qu'il voyait moins souvent et dont la patience était infinie.

- Mon pauvre ami, lui dit celui-ci, les pilules dont tu me parles sont effrayantes. Il faut absolument t'en débarrasser. Sinon, tu vas finir par te ramollir le cerveau. Tu pourrais faire de l'Alzheimer avec ça. Crois-moi, Aglaé a raison. Jette-les toutes au plus vite à la poubelle. Par contre, je ne suis pas du tout persuadé qu'il soit aussi difficile que tu le dis de changer de nom. Presque tous les jours, je lis des articles de journal qui racontent ce genre d'exploit. Parfois, c'est une actrice qui se fait appeler Zoé comme l'Impératrice de Byzance. Un autre jour, c'est un escroc qui a pris le nom de Rockefeller pour mieux tromper ses victimes. Pas plus tard qu'hier, la police des frontières a interpellé un terroriste fiché « S » qui avait quatre passeports de nationalités différentes dans ses bagages. Ils étaient tous établis à des noms différents, avec des dates de naissance qui ne correspondaient pas, mais toujours avec la même photo d'identité, à savoir : la sienne. La police ne devine jamais quelle est son identité la plus probable. Elle sait seulement qu'il appartient à un groupe armé dont l'ambition est de faire sauter la planète. Or, si ces personnages douteux trouvent toujours le moyen de changer d'identité comme de chaussettes, pourquoi interdirait-on à un citoyen honnête, qui ne veut de mal à personne de changer tout simplement de nom de famille pour se sentir plus à l'aise dans la vie ? Il y a là quelque-chose qui me dépasse.

Alexandre Dupont fut très heureux de ce discours. Il s'était toujours senti soutenu par Arsène Durand qui était, pour lui, comme le frère qu'il n'avait jamais eu. Mais entendre un tel discours prononcé avec autant de conviction, c'était plus qu'une expression dc sympathie. C'était un appui moral très important qui lui donnait confiance. Non, il n'était pas seul. D'autres humains étaient capables de le comprendre.

Comme il avait été question de journaux, il décida d'en acheter un au kioske sur le chemin du retour et se mit à le lire dans le métro. Il ne trouva aucun article sur les changements de noms ou de prénoms par des actrices, des escrocs ou des terroristes et s'apprêtait à le refermer quand un petit entrefilet en troisième page retint son attention.

« *Décès d'un homme d'affaires français dans une clinique de Genève.*

« *La rédaction apprend le décès de l'homme d'affaires et philanthrope bien connu, feu Alexandre Julien Dupont, jadis propriétaire des Magasins Dupont d'Or, de la chaîne d'hôtels internationale de grand standing Super-Dupont et de la banque d'investissement Dupont-Père, Dupont-Fils et Tripleval dans la clinique Schmeister de Genève. Monsieur Dupont vivait à Neuilly et affectionnait le Polo de Bagatelle. Sa générosité était légendaire. Il lui arrivait d'intervenir pour aider financièrement notre journal, exposé aux problèmes bien connus de la Presse francophone aujourd'hui. A l'origine, il avait hérité d'une pâtisserie à Nice, sur la Promenade des Anglais, « Aux amis du pont des soupirs », devenu un lieu de rencontre culte des amoureux pendant les trente glorieuses. Par la suite, il fonda plusieurs entreprises avant de se lancer dans le commerce des tissus, puis des grand magasins grâce auxquels il fit fortune. Vers la fin de sa vie, atteint d'une tumeur au cerveau il fut soigné en France, en Allemagne, puis à Monte Carlo, avant de s'éteindre à l'âge de soixante-douze ans à Genève. Le monde du sport se souviendra de lui, car il finança de prestigieuses rencontres équestres, à Deauville et ailleurs. Les obsèques auront lieu à Zurich jeudi dans l'intimité.* »

Alexandre Dupont fut très étonné. Etait-ce encore un troisième Alexandre Dupont, ou bien peut-être même celui dont il avait failli croiser le chemin à la clinique Saint-Roch ?

- Ce sont les mystères de l'existence, se dit-il. Il existe peut-être des centaines, voire des milliers d'Alexandre Dupont, dont les chemins s'emmêlent comme les fils d'un tapis mais qui ne se rencontrent jamais. C'est à cela qu'il m'arrive de penser quand je rentre à la nuit tombée de mon bureau. Tant de fenêtres de la ville sont éclairées, mais quelle est la fraction de tous ces appartements entassés les uns sur les autres occupée par des Dupont ?

Et il revint chez lui, attristé malgré tout par la perte de cet Alexandre Dupont qui avait quand même réussi à faire parler de lui dans un journal, même si le nombre d'abonnés diminuait de jour en jour.

* * * *

Alexandre Dupont avait beaucoup apprécié sa rencontre fortuite avec Augustus Schmidt et resta en rapport avec lui. Etant un homme d'habitudes, il donnait généralement rendez-vous à ses amis aux terrasses des cafés où il les avait rencontrés, ce qui lui permettait de les associer toujours au le même décor. Ce fut donc encore au « Rostand » qu'ils se retrouvèrent, à une heure de basse fréquentation, pour bavarder à leur aise.

- La dernière fois, lui dit Augustus Schmidt, nous avons beaucoup parlé de moi et je n'ai pas eu le temps de découvrir ce que vous faites dans la vie. Mais je serais curieux de l'apprendre.

- Je dois dire que je ne le sais pas très bien moi-même, répondit Alexandre Dupont. A côté d'une vie aussi aventureuse que la vôtre, un vrai sujet de roman picaresque, la mienne m'apparaît maintenant comme bien peu de chose. A vrai dire, j'occupe ce qu'on appelle une planque, c'est à dire une activité discrète dans laquelle je ne me sens pas trop engagé, mais qui fait bouillir la marmite. En somme, c'est un travail alimentaire. Je suis fonctionnaire de la République Française, préposé aux archives du Ministère de l'Egalité des Chances. J'y suis parvenu en passant des concours, grâce à des maîtres pleins d'expérience qui m'ont appris ce qu'il faut répondre aux questions posées à l'examen.

- Voilà un fort beau Ministère, commenta Augustus Schmidt. Il faut venir en France pour entendre parler de cela. L'égalité des chances, voilà qui est admirable. C'est vraiment un sujet d'importance nationale.

- C'est une de nos fiertés, dit Alexandre Dupont. On pourrait croire que les chances, chez nous, sont toutes égales, puisque ce principe est inscrit sur les frontons des bâtiments de la République. A première vue, il semble même logique que nous ayons un Ministère pour nous en occuper. Mais je crains que ce soit plus complexe. D'ailleurs, ce Ministère n'est pas aussi ancien que vous le croyez. Il faut avouer que les chances des citoyens sont de moins en moins égales, et la meilleure preuve en est que nos politiques ont eu besoin de créer ce Ministère. J'y occupe un bureau, avec un ordinateur branché sur la Toile, par lequel je me trouve en rapport continu avec le monde entier. Mais les informations sont si abondantes et les vérifications à faire, si minutieuses que j'ai bien du mal à m'y retrouver. Heureusement, notre direction change souvent. Nous subissons mille réformes et le suivi n'est donc pas trop important. Nous avons parfois des réunions pour faire le point, mais je n'ai constaté aucune obligation de prendre la parole. Donc, généralement, je ne dis rien, à moins qu'on m'interroge sur un aspect des archives. Mais cela arrive très rarement, car les chefs de bureau adorent s'exprimer et je fais très attention de ne jamais les interrompre. Au quotidien, je suis responsable de plusieurs kilomètres d'archives, mais elles ne sont jamais consultées, ce qui simplifie mon travail. J'ai pour tâche principale de surveiller la température et l'humidité de l'air pour leur bonne conservation. Nous avons beaucoup d'appareils pour cela, ce qui m'oblige à me promener un peu. J'ai souvent songé à faire poser des fils pour amener toutes les informations jusqu'à mon bureau, mais j'y ai renoncé, car j'ai réfléchi que cela me donne une raison de sortir dans les couloirs et de faire une promenade de santé une fois par semaine, pour contrôler tous les cadrans. Le reste du temps, je suis assez libre. Je fais ce que font les archivistes en général. J'observe que tout reste le plus possible dans l'ordre où il m'a été transmis.

- C'est une vie idéale que vous me décrivez-là ! s'écria Augustus Schmidt, admiratif. Quelle chance ! Vous n'avez presque rien à faire, vous êtes logé dans la plus belle ville du monde et vous touchez un salaire perpétuel qui vous permet de vivre, même s'il est modeste. La plupart des hommes n'en demanderaient pas plus.

- Oui, concéda Alexandre Dupont, mais il y a une ombre au tableau, et cette ombre s'appelle Dupont.

- Alors, justement, dit Augustus Schmidt, puisque vous en parlez, j'ai beaucoup réfléchi à votre problème depuis notre dernière rencontre, et j'ai une idée qui pourrait vous intéresser.

- Vraiment ? dit Alexandre Dupont, vous auriez une idée pour moi ?

- Oui, dit Augustus Schmidt. Je pense pouvoir promettre que vous ne resterez pas Monsieur Lambda jusqu'à la fin de vos jours. Mon idée est la suivante. Je vous accompagnerai dans les beaux quartiers de Paris. Vous allez voir que ce sont les plus propices. Là, je vous laisserai flâner dans les entrées de quelques grands immeubles haussmanniens aux façades de pierre si joliment sculptées. Vous y observerez à loisir toutes les sonnettes et toutes les boîtes aux lettres.

- Pour quoi faire ? demanda Alexandre Dupont, intrigué.

- C'est tout simple, expliqua Augustus Schmidt. Vous y chercherez des noms de famille plus beaux et plus originaux que Dupont, des noms pas trop prétentieux, mais singuliers, des noms authentiques, tels que vous les aimez, des noms du terroir, évocateurs de provinces perdues, de métiers disparus, de lieux qui n'existent même plus, mais dont l'histoire a gardé une petite trace. Enfin, des noms tels que vous me les décriviez, tous infiniment préférables à Dupont. Vous ferez là votre choix, comme dans un immense supermarché de noms de famille.

- Et à partir de ce choix, que ferez-vous ? demanda Alexandre Dupont, intrigué.

- Ensuite, dit Augustus Schmidt, mon réseau interviendra. Munis des noms et des adresses que vous aurez trouvés, nous pourrons entrer dans tous les appartements de votre choix. Rassurez-vous, nous n'y volerons rien. Tout, absolument tout restera à sa place comme à notre arrivée.

Seulement, nous en ressortirons avec les informations requises pour fabriquer votre nouvelle identité.

- Mais une identité implique des papiers, objecta Alexandre Dupont. Sans passeport et sans carte d'identité, on n'existe pas.

- C'est tout à fait vrai, confirma Augustus Schmidt, mais en soi, ce n'est pas un problème, bien au contraire. Les papiers existent pour faciliter le trafic d'identités. Voilà même leur raison d'être. C'est seulement une question d'organisation.

- Que voulez-vous dire ? Allez-vous fabriquer de faux papiers ?

- Pas du tout, ils seront plus vrais que les vrais, expliqua Augustus Schmidt. Ils seront imprimés très exactement comme l'authenticité l'exige, sur le papier spécial de la République, avec tous les filigranes imaginables, les puces, les astuces qui rendent les papiers infalsifiables.

- Mais comment ferez-vous pour obtenir tout cela ?

- Je ne ferai rien moi-même, dit Augustus Schmidt. C'est le chef de la Police de Paris qui m'a promis ce petit service. Il me doit bien cela, pour plusieurs raisons. Et puis, nous sommes de vieux copains. C'est lui qui m'a arrêté pour la première fois sur le sol français. Ce sont de vieux souvenirs qui créent des liens. Voyez que vos papiers seront ce qu'on trouve de plus parfait. Meilleurs encore que les vrais. Vous aurez donc deux séries de papiers pour deux identités différentes, avec et sans Dupont. Il vous suffira de sortir les bons papiers au bon moment. Ce sera à vous de gérer, mais le tour sera joué.

Alexandre Dupont fut très ému.

- C'est une proposition fascinante que vous me faites là, dit-il, et une véritable preuve d'amitié. J'en suis sincèrement touché. C'est la preuve qu'on n'est pas seul au monde, même quand on a le malheur de naître Dupont. Ceci dit, je vois quand même quelques petits obstacles à contourner avant de mettre une telle affaire en branle et d'impliquer tout votre réseau d'amis, de collaborateurs et de complices. Le premier difficulté concerne mon épouse. Je ne peux pas être tout seul à changer d'identité. Il faudrait qu'elle puisse me suivre, ce qui n'est pas du tout évident. Cela implique deux changements d'identité, deux nouveaux passeports, deux cartes d'identité…

- C'est une très bonne remarque, dit Augustus Schmidt. Bien évidemment, j'y avais déjà pensé. Réaliser deux documents au lieu d'un ne pose aucun problème en soi. La difficulté, c'est que les personnes doivent exister au départ, que nous devons connaître leurs lieux et dates de naissance à tous les deux pour pouvoir écrire aux mairies et obtenir les extraits d'actes de naissance, etc., comme prévu par la loi française. Avant de lancer tout le travail administratif qui permet de changer d'identité, il faut s'assurer de cet élément essentiel. Donc, en étudiant les noms inscrits sur les boîtes aux lettres et les sonnettes des appartements, il vous faut, non seulement un nom de famille agréable à vos oreilles, mais qu'il soit précédé par la mention : Monsieur et Madame. Nous sommes capables de réaliser un transfert d'identité. Nous le faisons tous les jours. Mais nous ne pouvons pas inventer de toutes pièces de fausses identités. Seul l'Etat en est capable, dans ses services secrets. C'est ce qu'on appelle la « couverture » d'un agent. Notre travail est plus humble, même s'il est tout aussi discret. Quant au reste de votre famille, votre sœur et votre nièce, là, nous ne pouvons probablement rien. Même si nous tombions sur un arbre généalogique approprié, il serait peu probable que tout corresponde.

- Je vois un autre problème, auquel je n'avais pas songé, continua Alexandre Dupont. C'est celui de l'âge. L'identité d'un centenaire ne me serait pas très utile.

- C'est pourquoi il ne suffit pas d'une seule option, expliqua Augustus Schmidt. Il en faut plusieurs. Les actes de naissance sont très importants, car les détails doivent coller le mieux possible à votre vraie biographie. Cela commence évidemment par l'âge. Donc, nous réaliserons plusieurs cambriolages pour des noms différents et nous chercherons plusieurs familles en écrivant chaque fois à plusieurs mairies pour obtenir toutes les informations nécessaires. Ensuite, nous ferons un choix. Il faut aussi que vous compreniez bien pourquoi ce travail ne peut être entrepris que dans un quartier cossu, suffisamment bourgeois. Là seulement, trouverez-vous en abondance « Monsieur et Madame » sur les boîtes aux lettres. Dans les quartiers qu'on dit modernes, les habitants mettent simplement sur leur sonnette un « Dubois / Trogneux » qui a l'avantage de faire peuple, mais ne dit rien, justement, de tout ce que vous voulez savoir. Pour vous, la situation matrimoniale est importante. La plupart du temps, les bourgeois la mettent en avant, pour donner une illusion de respectabilité. Il est vrai, aujourd'hui, que des couples bourgeois vivent parfois ensemble effrontément sans être mariés. Dans ce cas, vous constaterez que le « Monsieur et Madame » est simplement absent. Il existe aussi des familles recomposées, des divorces, etc. Vous trouverez parfois des « Monsieur Dunoyer / Madame Chaptal » qui témoignent très ouvertement de leur bourgeoisie audacieuse, au-dessus du scandale au point de s'afficher en couple sans renoncer à leur identité antérieure. Evidemment, vous les écarterez. De même, vous avez déjà choisi d'éviter les particules, les titres de noblesse, etc. C'est très sage de votre part, car ils attirent l'attention et peuvent créer toutes sorte de complications. Du point de vue pratique, certains cambriolages sont beaucoup plus faciles à réaliser que d'autres ou peuvent nécessiter des compétences différentes, suivant qu'on enlève simplement quelques tuiles d'un toit ou qu'on soit obligé de crocheter une porte blindée, etc. Ça, nous en jugerons. Donc, il faut toujours une étude préalable avant d'entrer en action. Mais ces détails ne vous concernent pas. Il faut d'abord une recherche de noms, et c'est là votre affaire. Tout dépendra des choix que vous ferez.

- Oui, dit Alexandre Dupont, intimidé, je comprends ce que vous m'expliquez, mais tout ceci est très nouveau pour moi. Il va me falloir un délai de réflexion. J'en parlerai peut-être aussi à mon épouse avant de prendre la décision.

- A vous de voir, dit Augustus Schmidt, mais de toute manière, souvenez-vous qu'il s'agit seulement, pour vous deux, d'une identité de rechange. C'est, si vous voulez, un alias ou un avatar. Votre identité première, vous ne la perdrez pas. Il n'y a donc rien d'irrévocable à ce que nous entreprendrons. Quand vous aurez choisi de lancer notre opération, je vous donnerai rendez-vous, probablement au métro de Passy, car c'est un quartier propice à de telles recherches. Il faudra que vous veniez assez bien habillé, compte tenu du quartier, mais pas trop, pour ne pas attirer l'attention. Autre détail important : munissez-vous de plusieurs loupes de force différente. Souvent, les étiquettes que les gens collent sur leurs boîtes aux lettres sont quasiment illisibles, surtout quand il faut mettre un « Monsieur et Madame » devant le nom de famille. Et je ne vous parle pas des noms composés ! La dimension des étiquettes fait souvent partie du style de l'immeuble. Vous verrez souvent au premier coup d'œil si elles sont vraiment exploitables ou si elles ne le sont pas. Cela s'apprend.

Cette conversation ouvrit de nouveaux horizons à Alexandre Dupont. Au départ, il eut envie de tout raconter à Aglaé, puis, il eut quelques doutes. Il se demanda comment elle prendrait la chose. Elle risquait fort d'être choquée par tous ces cambriolages et de se poser des questions sur les étranges fréquentations de son mari, pourtant si rangé. Après quelques jours d'hésitation, il se souvint de ce qu'Augustus Schmidt lui avait dit. C'était très pertinent. La nouvelle identité n'aurait rien d'irrévocable. En gros, cela ne changerait même rien au quotidien. Ils pourraient être Dupont en ville et autre chose, Tallandier par exemple, à la campagne ou en voyage. Somme toute, il serait bien trop difficile de changer d'identité devant des amis. L'embarras d'être Dupont, c'était surtout vis-à-vis de nouvelles fréquentations, donc la nouvelle identité serait surtout utile en voyage, en vacances, dans les hôtels ou aux sports d'hiver. L'option d'un document de rechange qu'il garderait souvent dans sa manche était un bon compromis, qui le libèrerait. Finalement, Alexandre Dupont décida de ne rien en dire à Aglaé mais de prendre un rendez-vous confidentiel avec Augustus Schmidt, pendant un jour de congé dont il tint l'existence secrète pour plus de discrétion.

Ils se retrouvèrent donc quelques jours plus tard à la sortie du métro de Passy. Alexandre Dupont avait farci ses poches de loupes de toutes les tailles, suite aux recommandations d'Auguste Schmidt.

- Mais comment faites-vous pour les codes des portes d'entrée ? demanda-t-il, impressionné par la longue expérience du Maître cambrioleur.

- Vous n'avez pas besoin de code pour des portes de ce genre, répondit celui-ci. Ce morceau de plastique blanc fait aussi bien l'affaire. On l'appelle souvent : la carte de crédit, car il en a un peu l'apparence et la flexibilité, mais en fait il est plus long, ce qui permet d'ouvrir des portes plus épaisses en le glissant dans le loquet. C'est un outil très utile, que je vous laisserai. Vous pouvez le cacher dans une poche, et les portillons électroniques ne le détectent pas. J'en ai toujours un sur moi.

Ils entrèrent ainsi dans le foyer d'un bel immeuble, où les boîtes aux lettres étaient impeccablement alignées. Toutes les étiquettes étaient collées à l'identique et même le courrier ne dépassait nulle part.

- Voyez comme c'est bien rangé, dit Augustus Schmidt, admiratif. Voilà tout l'avantage des demeures bourgeoises. En un clin d'œil, nous en aurons fait le tour.

Ils examinèrent consciencieusement les boîtes de tous les étages, mais Alexandre Dupont n'y trouva aucun nom à son goût.

- Je suis désolé d'être si difficile ! dit-il à son ami. Je crains que le travail soit long.

- Pas de problème, répondit celui-ci. Vous savez faire maintenant. Donc, je vous laisse aller à l'immeuble suivant. Pendant ce temps, je retournerai au café de Passy, juste à côté, me prendre un crème et un croissant et on se retrouvera quand vous aurez fini. C'est le genre de travail qui peut aller assez vite, mais prenez votre temps.

Alexandre Dupont passa à l'immeuble suivant. Après quelques essais, il parvint à ouvrir la porte d'entrée en utilisant l'outil qu'Augustus Schmidt lui avait confié. Il pénétra dans le hall et tourna un moment à la recherche des boîtes aux lettres. Elles étaient accrochées au mur juste avant une deuxième porte, en verre celle-là, qu'il n'eut pas besoin d'ouvrir. Il sortit une loupe de sa poche qui lui parut convenir. Elle était pratique, car elle avait une poignée en écaille de tortue, dans le style des loupes qu'arbore Sherlock Holmes au cinéma. Il s'aperçut bientôt que le conseil d'Augustus Schmidt était excellent. Sans cette loupe, il n'aurait jamais pu déchiffrer tous les noms, tant les écritures étaient minuscules.

- Qui cherchez-vous, Monsieur ? demanda une voix derrière lui. Puis-je vous aider ?

Alexandre Dupont se retourna et comprit que le concierge de l'immeuble, alerté sans doute par le bruit qu'il avait fait en ouvrant la porte, était sorti de sa guérite et l'avait surpris, la loupe à la main, en train d'examiner toutes les boîtes. Il fut embarrassé, mais eut une inspiration.

- Je n'y vois pas clair, mais je cherche un Monsieur Dupont, expliqua-t-il. Je ne trouve pas l'étage où il habite.

- Vous faites erreur, Monsieur, répondit sèchement le concierge. Nous n'avons pas ici de Dupont et nous n'en avons jamais eu. Si un Dupont s'était introduit par hasard dans notre immeuble, je le saurais, car c'est mon travail. C'est sans doute au bâtiment d'à-côté. Ici, nous sommes au 19. La sortie est à gauche.

Et le concierge le raccompagna en claquant fermement derrière lui la porte d'entrée.

- Voilà qui est étrange, se dit-il, et qui confirme mes craintes. Je suis tombé sur un lieu tout de marbre blanc dont les Dupont sont exclus, un lieu si exalté que les Dupont n'y auront jamais droit de cité, un temple des élégances dont les Dupont étaient banni depuis le commencement, où l'air est trop pur pour que la moindre mention des syllabes « du » et « pont » soit tolérée, où la fonction première du concierge est de chasser au plus vite tout ce qui lui semblerait trop Dupont pour survivre. Et il comprit par cet exemple le pourquoi de sa quête, la nécessité absolue de se défaire du poids insupportable d'être Dupont.

A l'immeuble suivant, Alexandre Dupont réussit mieux. Il avait pris le pli pour ouvrir les portes sans utiliser de code et réussit cette fois du premier coup, assez silencieusement. Il sortit aussi de sa poche une loupe plus discrète, sans poignée, dans un petit étui noir, qui lui permettait de la tenir ouverte sans attirer l'attention et de la refermer si par hasard il était surpris. Cette fois, il trouva plusieurs noms accompagnés du titre « Monsieur et Madame », qu'il nota dans un carnet avec leurs numéros d'appartement.

Après encore quelques immeubles, il eut rempli plusieurs pages de son carnet et revint au café de Passy retrouver son mentor.

- Voici, dit-il fièrement. J'ai une bonne moisson, cette fois.

- C'est parfait, dit Augustus Schmidt. Maintenant, donnez-moi le temps d'agir. Vous n'entendrez pas parler de moi pendant quelques semaines, car il faut accomplir toutes les démarches que je vous ai expliquées. D'ailleurs, les Mairies ne sont pas toujours pressées de répondre. Donc, tous les noms ne marcheront pas à la même vitesse. Il faut souvent de la patience. Ce que vous pouvez encore faire, c'est me numéroter les noms dans votre carnet pour m'indiquer l'ordre de préférence. J'en essayerai plusieurs, mais j'éviterai au départ les noms qui ne vous plaisent qu'à moitié.

Sur ce, ils se quittèrent à la station de métro et chacun suivit son propre chemin.

* * * *

Peu après, Alexandre Dupont reçut la lettre suivante, timbrée de Marseille.

« Monsieur,

« Je me permets de vous écrire sans avoir encore l'honneur de vous connaître, car je sais que vous avez reçu des soins à la Clinique Saint-Roch au même moment que feu Alexandre Julien Dupont, au service duquel j'ai travaillé pendant de longues années et pour lequel j'ai toujours eu un immense respect. J'étais plein de reconnaissance envers lui et je ne cesse de penser aux années heureuses que j'ai passées à gérer les biens d'un homme si bon et si généreux qui ne cessait de mettre sa fortune au service des autres. Mais voilà : les meilleures personnes sont celles qui partent le plus tôt et nous avons perdu le meilleur des directeurs de notre groupe financier.

« Vous n'êtes sûrement pas sans savoir, étant vous même un Dupont, l'importance de la Société Alexandre Dupont de Nice, dont les activités s'étendent sur toute la France et rivalisent avec les nombtreux fleurons de notre économie industrielle. Alexandre Dupont était partout pésent, dans la confiserie, dans la pâtisserie, dans l'hôtellerie et la restauration, dans le commerce des tissus, dans le commerce en gros, dans la distribution et dans la haute finance. Il semble qu'il n'y ait aucun secteur d'importance auquel il n'ait touché, sauf l'aviation et les transports. C'est bien l'excès de son activité qui a sans doute hâté sa fin, car il fut emporté par une tumeur maligne au cerveau dont les conséquences furent foudroyantes. Si l'on n'en a pas beaucoup parlé dans les médias en France, c'est qu'il avait fini par quitter sa maison familiale de Neuilly et se domicilier au Lichtenstein. Ce n'est pas qu'il eût un préjugé quelconque contre la vie à la française, bien au contraire. Il a seulement changé de pays pour des raisons d'optimisation fiscale qui l'ont amené aussi à adopter une nationalité étrangère. On prétend qu'il aurait eu un moment le projet de changer aussi de nom, auquel, fort heureusement, il n'a pas donné suite. Il est donc décédé à Genève, dans une clinique privée, car il avait l'originalité de ne pas faire confiance aux services médicaux de notre pays, coupables selon lui de ne pas avoir détecté à temps sa maladie.

« Alexandre Dupont, je le sais, a failli vous connaître, car il fut suivi pendant un certain temps à la clinique Saint Roch. Il se produisit là une confusion plutôt étonnante entre son dossier médical et le vôtre, ce que vous ignorez peut-être, car cette clinique a craint un moment de devenir la cible d'un action en justice à ce propos. Elle n'est sans doute pas étrangère au peu de crédit qu'Alexandre Julien Dupont accordait aux services médicaux de notre pays, car il semblerait que vous étiez soigné pour une pathologie assez bénigne, mais lui, pour une maladie très grave qui a fini par l'emporter. La confusion entre les deux dossiers serait même responsable du retard dans le diagnostic de sa maladie, ou du moins, c'est ce qu'il a supposé. Il est vrai qu'Alexandre Julien Dupont eut pour un temps le projet de porter plainte contre la Clinique Saint Roch, mais finalement, étant déjà trop souffrant pour donner suite, il abandonna cette intention.

« Voilà comment il m'est arrivé de connaître votre adresse, et même d'apprendre tous les détails de cette malheureuse affaire. Je sais que vous aviez presque la même date de naissance, à un seul chiffre près (un 3 au lieu d'un 8) ce qui fut d'ailleurs le prétexte invoqué par les infirmières pour cette confusion administrative.

« Il faut, après ce préambule, que je vous explique la motivation de ma lettre. Sachez qu'Alexandre Julien Dupont, de vieille et authentique souche niçoise, disposait d'une fortune considérable dont je suis le gérant. Il était célibataire, fils unique et ne laisse aucun héritier direct. C'est bien là le problème qui m'oblige à me retourner vers vous. Sa chaîne d'hôtels, dont le *Beau Regard*, classé cinq étoiles dans tous les guides, avec vue imprenable sur la Promenade des Anglais, emploie, directement et indirectement, des milliers de personnes dans le secteur du nettoyage. Ses grands magasins, dans des situations de prestige des principales villes de France, constituent à eux seuls tout un bassin d'emploi. Il existe des centaines d'entreprises, trop longues à énumérer dans cette lettre, qui forment l'empire économique d'Alexandre Julien Dupont. Sans lui, tout sera dépecé, saisi par l'Etat, vendu aux Chinois ou acquis par les fonds de pension américains qui prennent un malin plaisir à précipiter la fin de nos plus belles activités économiques. Voilà donc le danger auquel nous sommes confrontés. Si nous parvenons à sauver l'Empire Dupont, ce sont des milliers de nos concitoyens qui garderont leur emploi et continueront de mener une vie tranquille. Si nous n'y parvenons pas, c'est encore une autre crise de chômage qui s'abattra sur notre pays. Voilà la réalité de la situation.

« Parmi les entreprises dans le portefeuille d'Alexandre Julien Dupont, il en est une dont l'activité est très sensible. Ce sont les papèteries Blanchefeuille et Cie, situées sur le lac de Beaugency, dans l'arrière-pays niçois. Peu de gens le savent : cette usine fournit la part la plus importante du support pour le papier timbré et les formulaires de la nation. Elle fut même le principal fournisseur pour le projet de Constitution Européenne dont il fallut envoyer un exemplaire à chaque citoyen pendant le référendum organisé par la Présidence de la République, ce qui représenta, vous l'imaginez, un volume de papier absolument énorme. Comme vous savez, l'administration française est une immense consommatrice, et les papèteries Blanchefeuille sont par conséquent une entreprise gigantesque, à la hauteur de notre fierté nationale.

« Le problème est que la papèterie demeure malheureusement une activité très polluante. Le lac, les cours d'eau et même la Méditerranée seraient, selon les activistes de la cause environnementale, exposés à des effluves toxiques qui mettraient en danger la vie animale, la conservation des espèces et jusqu'à la santé humaine. C'est du moins ce que prétend le Président de notre région, qui ne cesse de faire campagne pour la fermeture des papèteries Blanchefeuille, stratégie rusée qui lui permet de gagner à chaque fois les consultation électorales. Vous comprenez bien, vu sa mauvaise foi, s'il devait apprendre le décès subit d'Alexandre Julien Dupont, que notre papèterie serait immédiatement fermée, avec des conséquences économiques pour toute la région. Un tel désastre entraînerait fatalement le démantèlement du reste de l'Empire Dupont. La cessation d'activité serait catastrophique pour toute la nation.

« La seule petite lumière au bout du tunnel, c'est qu'Alexandre Julien Dupont soit décédé ailleurs qu'en France. Notre pays, heureusement, s'intéresse peu aux étrangers, et les patrons d'entreprise qui ont le mauvais goût de s'installer loin de chez nous sont ostracisés à la manière moderne, c'est à dire qu'on parle d'eux le moins possible. Alexandre Julien Dupont était déjà un homme très discret. En dehors de son amour des chevaux, il avait peu d'activités qui auraient pu intéresser les médias. Il ne fréquentait pas les actrices, il boudait les plages, il n'avait aucune liaison tapageuse et ne possédait aucun yacht. Il donnait régulièrement des augmentations à tous ses employés dès qu'ils en réclamaient et les plus radicaux des syndicalistes ne trouvaient donc rien à lui reprocher. Comme on ne fait jamais l'éloge des patrons, ils se contentaient de ne jamais en parler. En plus, il payait tous ses impôts sans dissimuler aucun avoir. Il n'y avait donc rien à dire contre lui. Je crois pouvoir affirmer que son décès est resté quasiment inconnu des autorités françaises, car je n'ai reçu aucune communication du fisc à propos de sa disparition. Je n'ai relevé qu'un seul article de journal francophone qui en parle. C'était un tout petit entrefilet niché loin des premières pages, dans un hebdomadaire qui n'a presque plus de lecteurs.

« Voilà pourquoi, il m'est venu une idée qui vous paraîtra peut-être étrange, mais qui pourrait sauver la situation. Il s'agirait que ce soit vous qui preniez la succession d'Alexandre Julien Dupont, ou plutôt que vous le remplaciez en toute simplicité, car en fait, le but serait justement d'éviter qu'il y ait une succession quelconque. Il s'agirait juste de continuer tout ce que nous faisons déjà, comme si rien n'avait changé, sauf que vous seriez le sosie administratif de notre ancien patron.

Comme je gérais toutes ses affaires en son nom, je pourrais continuer de le faire comme auparavant, sans rien déclarer de nouveau, et j'aurais la garantie que vous êtes là, toujours présent, avec une identité presque conforme à la sienne, si jamais les autorités s'intéressaient de plus près à ce dossier, ce dont je doute très fort... »

« Il va de soi que cette proposition confidentielle nécessite de notre part à tous les deux un entretien approfondi pour que nous puissions y donner suite. Au cas où vous seriez prêt à nous venir en aide, je me tiens à votre disposition et je viendrai naturellement à Paris vous rencontrer dès que vous me ferez signe.

« En espérant l'honneur de vous rencontrer, je vous prie de croire, cher Monsieur Dupont, à l'assurance de mes meilleurs sentiments.

« *Marc-Antoine Romains*
Expert-comptable et
Gérant d'entreprises »

Alexandre Dupont fut très étonné. Souvent, il avait envisagé de disparaître, pour revenir dans la société porteur d'une nouvelle identité, mais le but était toujours de se débarrasser de son nom de famille. La proposition du gérant de l'Empire Dupont, bien au contraire, dépendait entièrement de la conservation de son nom de famille et sans doute aussi de son prénom. Elle impliquait également l'accès à une fortune apparemment immense, à des biens dans plusieurs pays et des revenus auxquels jamais il n'aurait pu prétendre en tant que petit fonctionnaire au Ministère de l'Egalité des Chances.

Il sentit qu'il serait impossible de répondre à cette lettre sans avoir consulté Aglaé. Au contraire du projet que lui avait proposé Augustus Schmidt, dont le but était uniquement de porter remède à la douleur d'être Dupont (que ne partageait pas sa femme), il s'agissait ici d'une transformation audacieuse de leur quotidien, dont il devinait qu'elle ne pourrait jamais s'accomplir sans la participation d'Aglaé.

Il sortit donc cette lettre de sa poche dès le lendemain matin et la donna à lire à son épouse tout en lui versant son café à la chicorée. Aglaé ouvrit de grands yeux et crut d'abord à un poisson d'avril.

- Ce n'est pas vrai, dit-elle. C'est toi qui as écrit cette lettre, mais c'est une plaisanterie. Ce genre de situation n'existe pas. Tu veux me faire marcher, mais je ne comprends pas pourquoi.

- Ecoute, non, répondit Alexandre Dupont. J'ai été aussi étonné que toi quand j'ai lu cette lettre, mais elle est authentique. Et il lui donna toutes sortes de preuves, à partir de l'enveloppe timbrée de Marseille qu'il avait conservée et jusqu'à l'aventure à la clinique Saint Roch, dont Aglaé était déjà témoin, ayant partagé l'indignation de Madame Rose devant l'incompétence de l'administration médicale.

Aglaé relut la lettre avec attention.

- Il y a une chose qui ne colle pas, dit-elle. Cet Alexandre Julien Dupont n'était pas marié. Donc, il faudrait expliquer au monde comment il se fait que j'existe. Puis, il y a le deuxième prénom, Julien. Comment ferais-tu pour l'acquérir ?

- Ce sont des difficultés, concéda Alexandre Dupont, et il y en aurait forcément d'autres. Mais pour le principe de la chose, qu'en penses-tu ?

- Ce serait bien la première fois que je t'entendrais vanter les avantages d'être un Dupont, répondit Aglaé. Ne fût-ce que pour cette raison-là, l'offre de ce Monsieur est intéressante. Là, pour une fois, tu serais obligé d'être content de porter ton nom de famille.

Alexandre et Aglaé Dupont écrivirent donc une lettre de remerciement à Marc-Antoine Romains en lui expliquant qu'ils auraient bien voulu l'aider dans son combat pour sauver l'Empire Dupont du démembrement, mais qu'ils auraient du mal à le faire, étant un couple marié, au contraire d'Alexandre Julien Dupont, célibataire. De plus, ils auraient du mal à vivre ailleurs que dans le dix-septième arrondissement de Paris, n'ayant pas souvent eu l'occasion de voyager. Enfin, il faudrait trouver un moyen d'ajouter le prénom Julien au nom d'Alexandre sur les documents, ce qui ne leur paraissait pas du tout évident.

Au reçu de cette lettre, l'homme d'affaires Marc-Antoine Romains vint aussitôt à Paris et fixa un rendez-vous matinal aux époux Dupont dans la salle de restaurant de l'Hôtel Lutetia.

Ce rendez-vous mémorable fut d'une grande importance pour les Dupont, car il changea subitement leur mode de vie. Ils découvrirent ce qu'un homme d'affaires compétent peut accomplir pour résoudre des problèmes administratifs à première vue insurmontables. Finalement, il sut convaincre Alexandre Dupont que son nom de famille allait devenir un immense avantage en lui apportant une prospérité inimaginable. Quant à la différence de statut matrimonial, elle n'aurait aucune incidence sur les démarches de Marc-Antoine Romains. Et le prénom Julien pouvait passer pour simplement usuel, un tout petit détail. On le rajouterait partout où ce serait nécessaire, mais beaucoup de documents existaient déjà dans la gestion des entreprises où il ne figurait même pas. Finalement, le plus gros problème à résoudre serait celui de la résidence fiscale, en supposant que les Dupont veuillent absolument continuer de vivre à Paris.

- A votre place, dit Marc-Antoine Romains, j'y réfléchirais à deux fois. Vous auriez l'option de la Suisse, de Marrakech ou d'une île dans les Caraïbes où vivent déjà des gens d'une fortune qui sera l'égale de la vôtre. Il vous appartient de prendre cette décision, mais le montage financier ne sera pas le même si vous résidez à l'étranger et j'aurais tendance à dire que ce serait plutôt de votre intérêt. Les véritables fortunes ne restent pas dans notre pays. C'est regrettable, mais nous n'y pouvons rien. Bien sûr, Alexandre sera obligé d'abandonner son poste au Ministère de l'Egalité des Chances, ou au moins de demander une mise en disponibilité renouvelable tous les ans, ce qui est possible selon les statuts de la fonction publique. A mon avis, l'option la plus sage sera de cesser discrètement et progressivement de travailler. Le travail a l'inconvénient de créer toutes sortes de traces administratives qu'il serait prudent d'effacer. Il faut bien comprendre qu'il y a deux catégories de citoyens : ceux qui travaillent et ceux qui ne travaillent pas. Et parmi ces derniers, il faut distinguer entre ceux qui sont assistés et ceux qui n'ont pas besoin du soutien de l'Etat. Le plus sûr est de ne rien demander à la nation. C'est le seul moyen de disparaître administrativement, mais il faut un travail de fourmi pour y parvenir. Si vous en êtes d'accord, c'est ce que nous allons entreprendre, pas à pas. En fait, il faut profiter de toutes les paresses du système et des incohérences inhérentes à toute construction humaine pour éliminer un par un les petits détails qui signalent votre existence aux administrations. L'être le plus à craindre, est le jeune fonctionnaire zélé qui veut se faire valoir. Mais il y a toujours au-dessus de lui un supérieur plus âgé, plus paresseux, plus économe qui ne demande pas mieux que d'avoir un dossier en moins à gérer. C'est toujours vers lui qu'il faut se tourner.

Cette rencontre fut providentielle pour les Dupont. Ils reconduisirent Marc-Antoine Romains naturellement dans toutes ses fonctions de gouvernance de l'empire Dupont, ce qui fut d'autant plus simple pour eux qu'ils n'eurent aucune démarche à faire.

Sur ses conseils, Alexandre Dupont commença par demander une mise en disponibilité auprès du Ministère de l'Egalité des Chances. Il se souvint qu'à Cuba, l'égalité entre les citoyens était un principe essentiel. Il lui parut donc judicieux d'arguer qu'une formation dans ce pays lui serait de la plus grande utilité. Il écrivit même à la Havane pour se renseigner. Une réponse encourageante lui permit d'étoffer son dossier. Quand un avis favorable fut émis par sa hiérarchie, il se sentit donc moralement obligé de commencer son voyage d'exploration du monde par les Caraïbes.

*   *   *   *

Sophie de Lalande n'était pas ingrate, mais elle menait une vie complexe et il lui restait donc assez peu de temps pour s'occuper d'autre chose que d'elle-même et d'un petit nombre de relations, d'ailleurs assez changeantes, avec des personnes de son âge. Elle était peu douée pour l'expression écrite, ayant été élevée dans la société de la communication, c'est à dire, constamment agressée par des tentatives d'arnaques électroniques, des appels téléphoniques de harceleurs et des informations publicitaires mensongères. Elle était confrontée tous les jours aux sollicitations perverses de séducteurs virtuels et aux poursuites d'intelligences artificielles qui n'avaient de cesse de la traquer. Devant la marée de pièges que la vie lui tendait tous les jours, étant de surcroît jeune, blonde et jolie, elle s'était refermée comme une huître et se limitait à des monosyllabes dans ses échanges avec toute personne plus âgée qu'elle de quelques mois. Sa mère le lui reprochait souvent, mais Sophie ne comprenait pas pourquoi elle devrait faire un pas de plus vers un monde si méchant, contre lequel elle avait déjà tant de peine à se protéger.

Sophie de Lalande n'avait aucun esprit de famille. Elle était vaguement consciente de l'existence d'un oncle, homme très ennuyeux car bien plus âgé qu'elle, chez qui sa maman l'avait entraînée plusieurs fois dans son enfance, et dont elle gardait un souvenir négatif. Il était fonctionnaire, dans une France gouvernée par une caste de gens trop âgés qui faisaient semblant de s'intéresser aux jeunes au point parfois de s'habiller comme eux, mais dont les centres d'intérêt étaient à mille lieues des siens. Ils vivaient dans une ambiance de musiques désuètes, de modernité factice et de principes incompréhensibles qu'ils cherchaient à imposer aux autres, comme s'il suffisait de se croire jeune pour le devenir. Sophie n'avait que mépris pour le nom de Dupont qui résumait tout ce qu'il pouvait y avoir de ridicule dans la personne de cet oncle fonctionnaire et de sa tante Aglaé, qui menaient la vie des petits bourgeois d'une autre époque dans leur quartier vieillot du dix-septième arrondissement de Paris. Elle n'y mettait jamais les pieds, malgré les exhortations d'une mère qui l'accusait souvent d'ingratitude. Quand la pression familiale devenait trop forte, elle resserrait son casque sur ses oreilles et se penchait plus avant encore sur son smartphone. Il y pleuvait sans cesse des messages inutiles qu'il fallait constamment effacer pour avoir un peu le temps de vivre et retrouver uniquement des histoires de son âge relayées par ses copines.

Sophie recevait régulièrement, une fois par an, une carte d'anniversaire timbrée de Clichy, qui contenait en général une petite somme d'argent. La carte était souvent ridicule, avec une image passée de mode et quelques mots de pure convention, mais la somme n'était pas entièrement inutile, même si elle était beaucoup trop faible pour une personne de sa génération. C'est que sa mère, effrayée par ses mauvais résultats scolaires, avait essayé pendant des années de la motiver en retardant l'argent de poche, auquel pourtant elle avait droit, jusqu'à l'arrivée de son bulletin. Comme ses résultats scolaire étaient de plus en plus affligeants dans toutes les matières, même les options, la suite se passait mal et Sophie était toujours à court d'argent. La petite somme qu'elle recevait de la famille Dupont n'était donc pas de refus, même si elle n'était pas suffisante pour justifier un remerciement quelconque. Comme, de toute façon, elle pouvait toujours compter dessus pour ses anniversaires, Sophie estimait inutile d'écrire pour remercier, d'autant plus que sa mère, après l'avoir incitée à prendre la plume, lui aurait reproché de ne pas savoir écrire une ligne sans plusieurs fautes d'orthographe.

Ce fut donc une immense surprise pour Sophie de recevoir pour son anniversaire une somme cent fois supérieure à celle qu'elle attendait dans une carte qui, du coup, lui parut un peu moins terne que d'habitude. Elle en fut si étonnée qu'elle éprouva le besoin d'en parler à sa mère, car elle se demanda momentanément si son oncle Dupont n'était pas atteint par une de ces maladies de sénilité dont parlent constamment les journalistes de la télévision.

- Tiens, répondit sa mère sans s'en émouvoir, voilà enfin ton oncle qui devient un peu plus généreux dans son vieil âge. Tu as de la chance, car tu n'as rien fait pour le mériter.

Sophie fut assez choquée par cette remarque, qui lui parut d'une telle froideur qu'elle se demanda si sa mère ne souffrait pas d'un défaut que ses parents lui reprochaient tous les jours. C'était un mot dont elle ne comprenait pas très bien le sens, même si on avait souvent tenté de le lui expliquer : le péché d'ingratitude. Oui, c'était sûrement cela. Ses parents étaient ingrats. Il avait fallu cette carte d'anniversaire avec ce cadeau inattendu acheminé par le service des postes pour qu'elle découvre enfin l'affreux défaut de ses propres parents. Ils étaient, somme toute, ingrats et même parcimonieux, car ils n'avaient jamais fait de présents comparables à leur fille.

Finalement, Sophie se rendait compte que l'oncle Dupont, malgré ses nombreux ridicules, n'était pas un méchant. Bien au contraire. C'est vrai qu'il appartenait au monde des adultes et de leurs stupides histoires mais, bizarrement, il n'avait pas été contaminé. Après réflexion, Sophie se rendit compte que cet oncle, comme elle, avait des problèmes pour lui écrire avec sensibilité. C'est vrai qu'il ne faisait pas de fautes d'orthographe, étant plus âgé, mais il ne savait pas non plus sur quel registre s'adresser à elle, n'ayant aucune connaissance du rap, de la vie moderne, de la vie sociale sur internet ou des rencontres en boîte. C'était dommage et même un peu attendrissant d'imaginer tout ce dont l'existence l'avait privé. Ce n'était finalement pas de sa faute s'il avait dû mener une vie de fonctionnaire, ni même s'il portait ce nom si ridicule de Dupont. Ce destin, après tout, il ne l'avait pas demandé. Il avait dû l'accepter.

Sophie résolut, même si l'effort d'écrire un mot de remerciement restait trop grand pour elle, de trouver un moyen d'exprimer de la reconnaissance envers cet oncle devenu subitement si généreux. Avoir un oncle, ce n'était pas si mal. C'était peut-être même la seule personne de sa famille capable de la protéger contre l'ingratitude de ses propres parents.

Ce que ne savait pas Sophie, c'est que l'argent venait d'Alexandre Dupont, mais qu'Aglaé avait beaucoup insisté pour qu'il augmente le cadeau d'anniversaire rituel à sa nièce.

* * * * *

Choisir son île était un tel casse-tête que les Dupont résolurent de partir en croisière vers plusieurs destinations différentes. Ils commencèrent donc par les Caraïbes et découvrirent les immenses bateaux dont l'arrivée transforme une cité en demeure de Lilliputiens.

En montant à bord, ils s'aperçurent très vite qu'ils n'avaient rien de commun avec les autres passagers, dont la préoccupation principale était de profiter au maximum des amusements à bord, des restaurants, des salles de musculation et des piscines. Pour les Dupont, le but n'était pas le voyage lui-même, ni les excursions vers des plages, mais le désir d'explorer des villes dans lesquelles ils pourraient envisager de vivre au moins pour une partie de l'année. Bien sûr, il ne s'agissait pas d'y passer tout leur temps. Ils avaient bien retenu l'avis de Marc-Antoine Romains. Tout comme le conseiller fiscal Aristote Martin, il recommandait de se partager entre trois pays différents pour atteindre la libération fiscale, première étape vers le bonheur. Mais cela ne faisait que compliquer leur tâche. Il fallait trouver trois points de chute à la fois. Au moins, les Caraïbes offraient partout le même ciel bleu tous les jours en dehors de la saison des ouragans. C'est ce qui les attira en premier.

Si Alexandre Dupont avait continué de travailler, la croisière lui aurait semblé une erreur et une immense perte de temps. Mais comme il était désormais en disponibilité au Ministère, le temps, justement, ne lui était plus compté. Il se fit donc une raison et tenta de s'adapter à cette nouvelle existence à bord d'une ville flottante qui ne faisait que tourner en rond. Les amusements collectifs de la tombola quotidienne, de la danse aérobique et de la gymnastique amincissante n'ayant pas beaucoup d'attraits pour elle, Aglaé voulut se lier de conversation avec d'autres croisiéristes. Mais elle ne pouvait leur expliquer l'origine de leur fortune subite, l'histoire de l'empire Dupont et le but qu'ils avaient en tête en voyageant vers les Caraïbes. Heureusement, leur longue expérience d'une vie rendue marginale par le simple fait d'être des Dupont leur avait conféré une résilience naturelle et l'habitude de passer inaperçus parmi leurs semblables. Dès le début de la croisière, ils s'armèrent donc de patience et se résignèrent à errer dans les couloirs infinis qui séparaient leur cabine de la bibliothèque du navire et des nombreux restaurants qui proposaient tous la même cuisine.

La seule autre distraction à bord était d'assister à des conférences sur des sujets parfois saugrenus, destinés aux rares touristes intellectuels. C'est ainsi qu'un ancien président de syndicat vint parler du rôle des partenaires sociaux dans la vie moderne. Ce qu'Auguste Dupont ignorait, c'est que beaucoup de croisiéristes étaient des membres de syndicats voyageant en groupe à des prix avantageux, ce qui expliquait le sujet. Néanmoins, il trouva intéressante l'idée de défendre les intérêts de ceux qui se ressemblent et s'assemblent spontanément. Il se demanda même si un collectif de tous les Dupont du monde aurait un sens.

Il saisit l'occasion de poser la question au conférencier.

- Vous avez là une pensée géniale, lui répondit aussitôt le syndicaliste, saisi par la perspective d'un lobby des Dupont. Malheureusement, étant à la retraite, je suis trop âgé pour vous aider à la mettre en œuvre. Voici ce qu'il faudrait faire : créer un syndicat de tous les Dupont de France. Le succès, croyez-moi, serait au rendez-vous. Bien sûr, le gouvernement s'y opposeraient, comme à chaque fois qu'il craint de perdre un peu de pouvoir. Mais devant un tel raz-de-marée, il serait bien obligé de plier. En associant tous les Dupont, dont les activités s'étendent à de nombreux secteurs de l'économie, dans le public et dans le privé, vous seriez vite en mesure de paralyser le pays…

- A quoi cela servirait-il ? demanda Alexandre Dupont, perplexe.

- Mais, comme font tous les syndicats. Vous seriez plus puissant que ceux des travailleurs, qui finalement sont de moins en moins nombreux, que les représentants du prolétariat, qui fond à vue d'œil depuis qu'il a abandonné la lutte des classes pour se joindre à la petite bourgeoisie. Votre combat serait celui de tous les gens qui ont le malheur de porter le nom le plus ordinaire qui soit, celui de Dupont. En fait, votre filon est meilleur que les autres, car les Dupont ne peuvent pas changer. Ils seront toujours Dupont et donc, toujours membres de ce même syndicat. La revendication serait éternelle. C'est une formule magnifique. Je regrette moi-même, pendant ma longue carrière, de n'y avoir jamais songé.

- Que pourraient donc revendiquer tous les Dupont rassemblés ? demanda naïvement Alexandre Dupont.

- Mais, des avantages sociaux essentiels, répondit le syndicaliste. Le combat est toujours le même. Avec cette outil entre les mains, vous pourriez faire tomber n'importe quel gouvernement, de droite, de gauche ou du centre. Tous les Ministres vous mangeraient dans la main. C'est presque le pouvoir absolu, mais au lieu d'être une monarchie, ce serait la république des Dupont. Voyez : il était utile que nous fassions cette croisière ensemble.

- Je ne comprends pas tout à fait, dit Alexandre Dupont, où mènerait une telle entreprise.

- C'est pourtant évident, répondit le syndicaliste. Vous n'avez pas compris le sens de ma conférence ou alors, vous en avez manqué le début. Le syndicalisme est tout bêtement le prochain mode de gouvernement des peuples. Il y a les républiques communistes ou socialistes, les monarchies, parlementaires ou pas, les dictatures d'extrême droite ou d'extrême gauche et à tout cela on peut rajouter les régimes syndicalistes. C'est juste quelque-chose de plus, un autre style de société auquel les historiens ne prêtent pas encore assez d'attention. La force est dans l'action collective. Il suffit de trouver des thèmes porteurs, comme par exemple d'unir tous les Dupont du monde.

Alexandre Dupont écouta ce discours avec beaucoup d'attention. Il s'interrogea. Il se demanda même s'il n'avait pas manqué sa vocation en écoutant la proposition de Marc-Antoine Romains. Mais désormais, il avait rejoint le camp des riches. Il n'était plus libre de mener une révolution sociale sous la bannière des Dupont. Il était trop tard pour marcher à la conquête du pouvoir politique. Désormais, il fallait participer de loin à l'économie en place. Dans un sens, c'était peut-être mieux ainsi. Il échappait à un monde dangereux, dont il redoutait depuis toujours les traquenards, comme font d'ailleurs la plupart des honnêtes citoyens. Il valait mieux voguer vers les Caraïbes que se compromettre dans la politique.

Ils firent escale à la Marie-Galante.

- C'est un endroit charmant et coloré, qui respire la beauté, opina Aglaé.

Sur l'impulsion du moment, ce qu'on appelle un coup de cœur, ils y acquirent une ancienne case convertie en villa, dont le jardin potager avait vue sur mer.

- Voilà encore un avantage d'être Dupont, déclara Aglaé avec satisfaction. C'était l'un des buts de notre voyage. Le voilà accompli.

- Pas tout à fait, répondit Alexandre Dupont, car ici, nous sommes encore en territoire français, ce qui n'arrange pas nos affaires, dit Marc-Antoine Romains. Il nous faudra donc encore un effort.

*   *   *   *

Les relations entre Sophie de Lalande et ses parents, difficiles depuis toujours, n'arrêtaient pas de se dégrader. Sa mère, en particulier, inventait tous les jours de nouvelles formes de persécution, en les préfaçant par cette phrase : « c'est pour ton bien que je le dis. » La dernière en date était la question de son avenir. Il lui fallait choisir une profession et, pour cela, une formation. Comme ses résultats scolaires étaient toujours aussi nuls, on comptait maintenant sur son initiative à elle pour trouver la bonne activité manuelle et se sortir de l'impasse.

- Je conduirai des poids lourds, annonça-t-elle avec emphase. Je sais qu'on manque de camionneurs et il suffit d'un permis.

Mais, malgré l'insistance de Sophie, son père lui refusa cette porte de sortie. Il était favorable à l'égalité homme-femme, mais pas au point de voir sa propre fille au volant d'un semi-remorque.

- Ce n'est pas pour les filles, lui dit-il assez brutalement. Les camionneurs doivent découcher pour exercer leur métier, ce qui ne te permettrait pas d'élever des enfants.

Et, comme cet argument n'impressionnait pas du tout Sophie, il ajouta :

- De tout façon, les voitures sans conducteur sont déjà arrivées. Les camions autonomes vont forcément suivre. Par conséquent, cette profession va disparaître d'ici une génération. Il serait absurde de s'engager dans cette voie.

Sophie pensa alors au cinéma.

- Je serai star, expliqua-t-elle à sa mère. Il suffit d'être belle et de savoir monter quelques marches. Ce n'est pas trop compliqué. En plus, avec un nom comme le mien, le succès est assuré.

- Mais tu rêves ! répondit sa mère. D'abord, il faut intégrer une école de théâtre. Et puis, même de longues années de formation ne suffisent pas. Souvent, les actrices sont obligées de coucher avec les réalisateurs pour décrocher le moindre petit rôle. Regarde un peu ce qui se passe dans ce monde-là. On voit plein d'acteurs et d'actrices sur le pavé, qui vivent tous dans la misère.

- Les professions artistiques sont toutes comme ça, ajouta sentencieusement son père. Il ne faut même pas y songer. C'est beaucoup trop aléatoire. Si encore tu avais un talent avéré... mais ce n'est même pas le cas. Si tu prends ce chemin, tu te retrouveras indubitablement caissière dans un supermarché de banlieue.

- En plus, les caissières aussi se font rares, renchérit sa maman, toujours pleine de gentillesse. Bientôt, il n'y en aura plus. Elles sont déjà toutes remplacées par des machines qui lisent automatiquement les codes barre et ne se trompent jamais.

- C'est comme la plupart des professions subalternes, conclut son père. Les ouvriers et les ouvrières n'existent plus. On les remplace par des robots dans toutes les usines.

- Eh bien ! dit Sophie, exaspérée, dans ce cas, je travaillerai à créer de nouveaux parfums et je commercerai dans le maquillage.

- Tu te fais encore des illusions, ma pauvre fille, dit sa maman. On voit que tu ne comprends rien à ce qui se passe sur le marché du travail. Toutes les filles de ton âge sont obsédées par la parfumerie et l'esthétique de la beauté. Il devrait te sauter aux yeux que ce filon n'existe plus. Il est complètement épuisé. C'est vrai qu'avec des résultats scolaires comme les tiens, au ras des pâquerettes, tu n'as plus beaucoup d'options. Si tu m'avais écoutée, tu serais bonne en maths aujourd'hui et, alors, tu aurais pu être dentiste.

- On aura toujours besoin de dentistes, dit le père. Il n'y en aura jamais assez. C'est dommage que tu aies manqué le train.

- Oui, c'est dommage, ajouta la mère. Moi, par exemple, j'ai tout le temps mal aux dents et tu aurais pu nous soigner gratuitement. Mais tu n'as pas de cœur.

- Je n'en veux pas, de toute façon, rétorqua Sophie. Puis, c'est un métier dégoûtant. On met les doigts dans la bouche de tout le monde.

- Alors, tu vas faire quoi ? insista le père.

- Je serai journaliste, dit Sophie, et je raconterai surtout ce qui va mal.

- Le fils des voisins du dessus est journaliste, dit la mère. J'ai rencontré sa maman dans l'escalier l'autre jour. Elle est très gentille. Pas du tout prétentieuse. Nous avons bavardé un moment. Elle m'a expliqué qu'il n'y aura bientôt plus de journalistes. C'est à cause de l'intelligence artificielle.

- Tu vois, dit le père. Il va falloir que tu trouves autre chose. Si tu nous avais écoutés, tu serais bonne en maths et tu n'en serais pas là.

Sophie eut alors une inspiration.

- Alors, je travaillerai dans l'intelligence artificielle, répondit-elle. Comme ça, j'aurai toujours une longueur d'avance, et personne ne pourra m'arrêter.

Il y eut un bref moment de silence. Apparemment, les parents ne s'attendaient pas à cette réponse surprenante.

- Si tu en étais capable, dit enfin le père, d'un air un peu bougon, j'y aurais déjà pensé.

Mais la vérité, c'est que personne dans la famille n'avait eu cette idée avant Sophie. En plus, les parents n'y comprenaient absolument rien, alors que Sophie, ayant vécu toute sa vie dans un écran de smartphone, avait une immense pratique de la Toile et en connaissait tous les arcanes intimement. Elle résolut donc de consacrer dorénavant tous ses efforts au logiciels et de devenir la plus grande championne autodidacte du langage-machine.

- Je saurai épater tout le monde. Je vais me faufiler partout comme un virus, résolut-elle, mais il me faut trouver un alias par lequel personne ne pourra me retracer.

Au bout de quelques jours, elle se créa un avatar du nom d'Alexandra Dupont. Puis, elle ouvrit un blog, sur lequel elle transcrivit aussitôt sa version de la conversation avec ses parents. Elle avait visé juste. En quelques heures, elle connut un succès immense auprès des jeunes. Dès le lendemain, elle put se targuer d'être une des influenceuses de sa génération.

- Mes parents ne pourront plus me mépriser, se dit-elle. D'ailleurs, à partir de maintenant, ce que je raconterai sur mon blog, vrai ou faux, deviendra bien plus important que leurs bêtises d'adultes, à commencer par cette idée stupide que tout le monde doit travailler. Mon oncle, lui, est beaucoup plus intelligent. Il est même un modèle à suivre car, tout en étant fonctionnaire, il s'est débrouillé pour partir aux Caraïbes. Je ne dirai pas comment il s'y est pris, car c'est son secret, mais je ferai d'Alexandra Dupont une héroïne dont tout le monde parlera.

Et elle commença par un selfie dans sa chambre. Grâce à un traitement d'images, elle se représenta toute nue sur une plage entourée de cocotiers. Autour de son corps dénudé, elle enroula un phylactère, comme un long ruban, sur lequel elle inscrivit un titre : « Les aventures secrètes et extraordinaires d'Alexandra Dupont, dix-huit ans, nouvelle héroïne des temps modernes ». Puis, cette image de synthèse, elle en fit une banderole en travers de sa page Web.

- Voilà, se dit-elle, qui fera son petit effet. Toute la Toile m'admirera. Il me suffira de trouver quelque-chose de nouveau et d'imprévu à raconter tous les jours. Bientôt, le monde entier découvrira les aventures passionnantes, inédites et scandaleuses d'Alexandra Dupont.

Et effectivement, le nombre de suiveurs de son blog explosa encore une deuxième fois à l'apparition de cette image, faisant d'elle une célébrité. Les marques de parfum, les géants de la mode, les enseignes de bijouterie et les agences de tourisme la sollicitèrent pour le privilège d'insérer des publicités dans son blog, sans quoi ils n'arrivaient plus à vendre.

Une boutique de cosmétiques s'installa même sur la plus belle avenue du monde en prenant pour nom « Le jardin secret d'Alexandra Dupont ». Elle menaça de créer une chaîne de succursales dans le pays. Sophie de Lalande et ses parents furent contraints de recruter un cabinet-conseil de juristes pour protéger la marque Alexandra Dupont. Mettre un frein à la prolifération de contrefaçons abusives devint dès lors leur principale activité.

Sophie de Lalande put enfin s'affranchir des remontrances stupides de ses parents et vivre sa vie comme elle l'entendait. Elle monta sa coiffure en mèches folles qu'elle teignit en mauve et porta des bagues à tous les doigts, ainsi qu'un vrai diamant sur le nombril.

- C'est grâce à mon oncle, se disait-elle parfois. C'est lui qui m'a ouvert l'esprit avec son voyage aux Caraïbes. Je n'ai aucune idée où il se trouve à présent. Sans doute, sur une de ces îles lointaines d'où il aura pu suivre mon ascension dans le monde. Lui, aura sûrement deviné qui est la vraie Alexandra Dupont et que sa propre nièce se cache sous cet avatar.

La vérité, c'est qu'Alexandre Dupont n'en savait rien du tout et poursuivait bien tranquillement sa croisière dans les

Caraïbes. Comme ces îles sont fort éloignées de la Métropole, les parfums qu'on y vend sont toujours un quart de siècle en retard sur la mode. D'ailleurs, beaucoup de femmes, inquiètes de la pollution, continuent en toute simplicité de s'enduire le corps de lait de coco. C'est Aglaé, prenant l'avion entre deux îles, qui tomba par hasard sur une publicité des boutiques Alexandra Dupont dans un magazine de bord. Mais elle haussa les épaules, tourna la page et n'y pensa plus.

* * * * *

Une dame chinoise savourait toute seule sa coupe de champagne au salon privé des passagers de la classe « Oasis », dont le supplément assez onéreux suffisait pour éloigner la plupart des passagers. Comme le salon était presque désert et qu'elle semblait s'ennuyer un peu, les Dupont lui proposèrent de s'asseoir avec elle :

- Ce serait avec grand plaisir, répondit-elle poliment. Permettez-moi, dans ce cas, de vous inviter, car je ne serai jamais capable à moi toute seule, de finir cette bouteille.

Nous autres Chinois, nous supportons mal le vin. Si nous en buvons, c'est pour marquer notre appartenance à une certaine élite, et je suis moi-même assez stupide pour le faire. Partager avec vous, ce sera au moins une bonne raison. Je vais demander des verres. Racontez-moi donc ce que vous faites à bord de ce navire, car je vois que vous ne participez guère aux distractions d'aujourd'hui. La soirée du capitaine est pourtant le clou pour l'immense majorité des croisiéristes.

Elle appuya sur une touche d'un élégant portable tout incrusté de simili-diamants. Aussitôt, une jeune fille surgit de nulle part pour leur apporter des coupes supplémentaires.

Alexandre Dupont exposa en quelques mots les vraies raisons de leur voyage.

- J'ai été longtemps, expliqua-t-il, et suis peut-être encore l'homme le plus ordinaire de monde et le plus parfait lambda. J'ai même été soigné par un psy devenu célèbre grâce à moi pour avoir, le premier, diagnostiqué ce qu'on appelle aujourd'hui le « syndrome Dupont ». J'avais beau me raccrocher à mon prénom, je ne parvenais pas à m'en sortir. En plus, je n'étais qu'un petit fonctionnaire sans avenir et sans histoire, comme des millions d'autres dans le pays. Comme eux, je ne faisais rien de très utile, ni de tout à fait inutile non plus, puisque je classais un par un des papiers administratifs concernant l'égalité entre les citoyens. On ne pouvait à peu près rien me reprocher. L'état me versait un salaire et, en échange, je lui rendais des taxes et des impôts. Je fournissais mes trente-cinq heures de présence hebdomadaire et j'évitais autant que possible de me faire remarquer. Mon syndicat avait obtenu pour moi et mes semblables, des augmentations à l'ancienneté, faibles mais régulières, qui compensaient presque l'inflation. Mon point d'indice était la seule mesure officielle de mes aptitudes au travail et celui-là ne changeait jamais.

- C'est aujourd'hui l'homme ordinaire qui fait vivre toute la société, continua Alexandre Dupont, mais il commence à s'en fatiguer. Il est las d'avoir à étudier, las qu'on lui demande d'inventer, ce dont il est forcément incapable, las qu'on lui commande de créer sans qu'il sache le faire et, surtout, las de payer. Il en a assez d'être ce qu'il est. Il se cherche une île déserte, mais les îles désertes ne sont plus ce qu'elles étaient autrefois. D'ailleurs, il n'y en a plus. Celles qui existaient encore ont été colonisées par les ultra-riches. Ils en ont interdit d'abord les plages et puis, progressivement, l'accès. Ne restent que des îles qui, pour de bonnes raisons, sont restées réellement désertes : par exemple, un unique rocher au milieu d'une mer froide. Pas le moindre cocotier, aucune source, ni jardin, ni forêt. Seulement des galets, des tremblements de terre, des tsunamis et des volcans dévastateurs. Derrière Robinson Crusoë, sont venus chaque fois les planteurs, les promoteurs et les banquiers, puis les anges de la finance qui les ont transformés en paradis fiscaux exploitables. A présent, l'homme ordinaire est bien en peine de trouver la plus petite place pour se caser quelque part sur un océan. Il n'a plus le droit que de partir momentanément en croisière et de saliver quelques jours devant le vrai bonheur, hélas inaccessible pour lui, de l'évasion fiscale. C'est ce que les agences de voyage appellent des vacances de rêve, conçues justement pour que l'homme ordinaire reconnaisse sa propre médiocrité et s'habitue à son triste sort par la contemplation. Voilà, en quelques mots, pourquoi nous sommes ici.

- Je vous comprends un peu, dit la Chinoise. On m'appelle Madame Li, car je ne suis guère qu'une des innombrables personnes du même nom qui peuplent notre planète. Je pense, si vous me le permettez, qu'il existe beaucoup plus de Li que de Dupont, car la France est un tout petit pays comparé au nôtre. J'ai su depuis mon plus jeune âge que la Chine serait pour moi le plus dangereux de tous les obstacles si je voulais échapper au simple fait d'être ordinaire. Il existe plusieurs caractères différents de notre écriture chinoise pour représenter le même son, mais cette particularité ne suffit pas pour distinguer les Li les uns des autres. En plus de mon nom de famille, j'ai un prénom qui signifie « douce Lune de Printemps » qui fut choisi par mes grands-parents et approuvé par mes parents, conformément à nos coutumes. Je le trouve vieillot. Je lui préfère donc, comme font beaucoup de Chinoises, un prénom occidental. C'est « Stéphanie » que j'ai choisi. C'est une habitude moderne, qui nous est parvenue de Hong Kong. Je suis donc à présent Stéphanie Li, comme sans doute des centaines de milliers d'autres Chinoises qui sont mes homonymes. Longtemps, j'ai cru que le nom de famille Li m'assurerait une forme de protection. Se fondre dans l'anonymat du grand nombre a été le rêve de Chinois prudents depuis bien des siècles. C'est que nos gouvernements, depuis toujours, ont été les plus méchants de monde. Nous les qualifions en privé d'ennemis du peuple, et nos empereurs furent toujours comparés à des tigres dont il ne faut pas tenter de barrer le chemin. Ce n'est pas par hasard que la Chine se cache derrière sa Grande Muraille. Elle n'est pas là tant pour écarter les étrangers que pour contenir, dominer et taxer tous les ressortissants de l'Empire du Milieu. En fait, gouverner la Chine a toujours été une affaire d'exploitation et de répression. Voilà pourquoi le nom de Li me paraissait une fort bonne chose. J'ai même évité de me marier quand j'étais jeune, de peur de perdre cette protection du grand nombre qui me semblait très utile. Une de mes amies se moquait de moi. Elle disait qu'il faudrait que je cherche un autre Li pour pouvoir enfin trouver un mari. Heureusement, je n'ai pas suivi son conseil. Les hommes chinois sont peu fiables et j'aurais sans doute perdu la fortune assez considérable que mon père m'a transmise. Voilà pourquoi je reste Madame Li pour tout le monde.

- Somme toute, dit Aglaé Dupont, vous avez fini par vous habituer à votre nom. C'est ce que j'ai toujours conseillé à mon mari, mais il ne veut pas m'entendre.

- Ce n'est pas si simple, répondit Madame Li. Il faut que je vous explique pourquoi j'ai fui mon pays. J'habitais un des plus beaux quartiers de Pékin, et j'avais choisi un immeuble dont presque la moitié des appartements appartenaient à des « Li ». Je l'avais choisi exprès pour cela. Mais un matin, en revenant du marché aux légumes, j'ai traversé l'avenue devant chez moi. J'avais fait des courses et acheté des Pak Choï, avec quantité d'autres ingrédients pour préparer cette bonne soupe qu'on appelle chez nous « le moine qui saute par-dessus le mur ». Je portais donc plusieurs sacs assez lourds et j'ai voulu prendre un raccourci en traversant. Je savais bien que c'était interdit, mais je ne voyais à l'horizon aucun véhicule. Pourtant, dès que j'ai posé le pied droit sur la chaussée, une voix forte, celle d'un drone, m'a interpelée. Là, j'ai compris que l'anonymat venait de prendre fin en Chine. Aujourd'hui, il ne sert plus à rien de s'appeler Li. On n'échappe jamais aux ingérences de l'Administration dans notre quotidien. En un mot, nous les Chinois, nous sommes tous pistés.

- C'est une histoire horrible que vous racontez-là ! s'écria Alexandre Dupont. Voulez-vous dire qu'il n'y aurait plus aucune protection à s'appeler Li ou Dupont ? Qu'allons-nous tous devenir ?

- C'est exactement ça, expliqua Madame Li. Notre police a mis fin à cette dernière façon de lui échapper. La reconnaissance faciale a torpillé toute tentative d'éviter sa surveillance. D'ailleurs, lcs noms vont bientôt disparaître, car les numéros, augmentés par quelques lettres, sont infiniment plus efficaces pour distinguer les citoyens les uns des autres. Nous avons tort d'attacher la moindre importance à un nom quel qu'il soit.

- L'idée est assez nouvelle pour moi, dit Alexandre Dupont. Je sens que j'aurai du mal à m'y accoutumer.

- Il le faudra pourtant, dit Madame Li, car ce que fait notre police chinoise annonce l'avenir pour toutes les nations. Les gens comme nous qui ne s'adaptent pas seront pourchassés sans merci.

- Maintenant, je comprends mieux, dit Aglaé, pourquoi vous préférez naviguer sur les mers.

- Vous avez bien compris, dit Madame Li. Avez-vous remarqué le nom que porte notre bateau ? Il s'appelle le « Sauve qui peut » et bat pavillon du Panama. C'est une manière d'annoncer qu'il n'appartient à personne. La plupart des croisiéristes ne peuvent se permettre de passer que deux ou trois semaines à notre bord. Rester plus longtemps leur coûterait trop cher. Ils ne savent pas que nous sommes une centaine à y résider toute l'année. Ce privilège est réservé aux actionnaires d'une société écran basée dans un paradis fiscal qui gère les finances de ce monstre d'acier. Vous pourriez nous rejoindre, car je devine que vous en avez les moyens. Nos actionnaires ont tous de bonnes raisons de ne plus vivre sur la terre ferme. Ils ont compris où va le monde, et que le dernier espace de liberté sera bientôt la haute mer. J'aime comparer le « Sauve qui peut » au célèbre sous-marin du capitaine Némo. Si la technologie s'y prêtait, nous naviguerions, nous aussi, dans les profondeurs des mers. Le jour approche où cela deviendra peut-être nécessaire. Pour l'instant, nous nous contentons de rester en surface et de profiter du soleil. Les cent personnes dont je vous parle ne sont pas des croisiéristes. Chacune est propriétaire d'un appartement à bord du « Sauve qui peut ». N'avez-vous pas remarqué que les ascenseurs passent sans s'arrêter au niveau à deux étages en dessous du restaurant principal ? En fait, il existe un ascenseur qui s'y arrête, mais il n'est pas accessible au grand public. C'est pour mieux protéger notre anonymat. Nous avons aussi notre propre petit restaurant. Il serait étoilé si les guides en connaissaient l'existence, mais le secret est plus important pour nous que des réputations dont nous n'avons que faire.

- Pourquoi avez-vous choisi cet énorme paquebot ? demanda Alexandre Dupont. J'aurais cru que des yachts vous conviendraient mieux.

- Les bâtiments de grand luxe sont destinés à des milliardaires naïfs, répondit Madame Li. Ils s'imaginent échapper au peuple tout en faisant étalage de richesse, mais ils ne font qu'attiser les jalousies des uns et des autres. Leurs yachts seront tous saisis quand leur monde se lassera de leur comportement ostentatoire. Chez nous, au contraire, les dix étages de cabines de croisière ont même rendu notre bateau très rentable. Personne ne prête attention au onzième, et notre propriété est ainsi un excellent placement. Comme notre navire circule dans le monde entier, nous ne passons jamais que quelques semaines dans un port. De ce fait, nous échappons complètement à toute forme d'impôt. L'affranchissement fiscal n'est qu'un prélude, et la liberté de pensée le suit de près. A bord, nous n'avons besoin d'aucun roman national. Nous sommes en-dehors de l'histoire officielle de notre planète. C'était le rêve du Capitaine Némo, mais nous avons trouvé le moyen de le réaliser. Les lois nationales ne nous concernent plus. Nous ne reconnaissons que le droit maritime.

- Vous avez une expérience de la richesse qui nous fait défaut, dit Alexandre Dupont. Est-il vrai que les ultra-riches dont tout le monde parle changent de nationalité pour un rien ?

- Ce n'est pas vraiment pour un rien, dit Madame Li. Ils y trouvent un intérêt certain qui est de payer moins d'impôts. Mais en réalité, leur but va plus loin. C'est une question de puissance. Ils cherchent à s'affranchir du contrat social quand celui-ci devient trop contraignant. Après tout, c'est un contrat imposé dès la naissance. Il n'est pas choisi librement.

- Je n'ai jamais bien compris cette histoire de contrat social, dit Alexandre Dupont. Quant à moi, je n'ai passé de contrat avec personne. Je suis né, tout simplement. D'ailleurs, j'aurais trouvé plus aimable, avant ce moment fatidique, qu'on me consulte sur le nom que j'aurais à porter. Je ne vois pas tellement le rapport entre ce contrat et l'extrême richesse.

- Avec ou sans contrat, l'ultra-riche ne laisse personne indifférent à son sort, expliqua Madame Li. D'ailleurs, nul ne sait comment y réagir. Les citoyens de certains pays baignent dans la pauvreté et, par conséquent, l'existence d' ultra-riches est pour eux un sujet quotidien, soit pour les envier, soit pour les condamner, soit pour les punir. D'autres nations, au contraire, veulent attirer des ultra-riches en leur promettant un pardon fiscal, voire le paradis. Puis on voit des nations entières d'ultra-riches. Elles érigent des murs pour se protéger de la pauvreté ou exécutent même en public certains de leurs citoyens pour effrayer le reste du monde et le tenir à l'écart. Enfin, il en est d'autres dont les dirigeants ont compris tout l'avantage de l'ultra-richesse mais veulent maintenir leur petit peuple dans l'extrême misère. Tout ceci existe bel et bien.

- Mais c'est affreux ! s'exclama Aglaé.

- On peut donc s'arroger le droit de renoncer à sa nationalité et d'en choisir une autre, continua Madame Li. Voilà pourquoi il y a tout ce commerce de passeports dans lequel certains états sont eux-mêmes impliqués. Ceci dit, pourquoi le choix serait-il une simple question d'argent ? Aujourd'hui, le monde est plein de réfugiés qui revendiquent à leur tour de changer de nationalité. Seulement, les états ne sont pas encore prêts pour de tels bouleversements. Ils érigent alors en principe moral leur propre souveraineté. Les ultra-riches ont un peu d'avance sur les autres humains, voilà tout. A mon avis, qui veut s'affranchir complètement doit quitter la terre ferme et fuir sur la haute mer les despotismes nationaux. Puisque l'homme est né libre, il serait grand temps de lui rendre sa liberté.

- Mais comment faites-vous pour recruter votre équipage ? demanda Alexandre Dupont. Lui, au moins, ne peut ignorer l'existence de votre onzième étage !

- Je ne suis pas libre de vous le révéler, répondit Madame Li, mais je peux vous dire que nos marins viennent de tous les continents, sauf de l'Europe, et que nous prenons grand soin de n'avoir aucun groupe national trop nombreux. Ils sont aussi beaucoup mieux rémunérés que des marins ordinaires. Quant au capitaine, il est également l'un des cent actionnaires du « Sauve qui peut ». Nous n'avons pas, non plus, eu besoin de construire un navire en secret comme fit le Capitaine Némo pour son « Nautilus ». Le nôtre est inscrit dans les registres maritimes parmi la multitude de paquebots qui ont le droit de sillonner les mers comme bon leur semble.

- Vous qui allez partout et connaissez tout le globe, demanda Aglaé Dupont, trouvez-vous une vraie différence entre l'Orient et l'Occident ? Les uns prétendent que l'humanité est la même partout. Les autres, que ces deux parties du monde seraient irréconciliables…

- Laissez-moi vous donner un exemple, dit Madame Li. Quand j'habitais en Chine, je faisais parfois une croisière fluviale sur le grand fleuve Yang Tsé. Je prenais un bateau à tête de dragon et là, comme sur le « Sauve qui peut », je voyais toujours un pont supplémentaire auquel je n'avais pas accès. Il était, disait-on, plus luxueux que tous les autres, mais réservé aux membres du Parti. Ce n'était pas un secret, car tout le monde, en Orient, accepte que la société soit dirigée par une caste de privilégiés. Ceux qui gouvernent, chez nous, sont fiers d'étaler leur pouvoir. C'est ainsi depuis des siècles et les révolutions n'y changent rien. Il paraît qu'en Russie, c'est pareil. Par contre, chez vous, c'est un peu différent, car Vos dirigeants ont honte de gouverner. Vous les obligez à se cacher. Même les citoyens un peu plus riches que les autres ne se sentent pas tranquilles. Justement, comme nous avons souvent à notre bord des croisiéristes occidentaux à bord, pour éviter de les choquer, nous avons inventé ces ascenseurs qui passent sans s'arrêter au pont des propriétaires. En réponse à votre question, les deux sont vrais : l'humanité est la même partout, mais les citoyens n'ont pas du tout le même point de vue. Chez vous, l'inégalité est encore considérée comme scandaleuse. Pourtant, votre révolution est loin dans le passé.

- C'est vrai, dit Alexandre Dupont. Du temps où je travaillais au Ministère de l'Egalité des Chances, nous pourchassions toutes les inégalités, même celle entre les hommes et les femmes. C'était l'essentiel de notre activité. Malgré tout, je ne sais pas bien pourquoi, le fossé entre riches et pauvres se creusait davantage tous les jours. Quand on apprenait l'existence d'un village caché où les ultra-riches s'étaient réfugiés, on était parfois obligés d'étouffer l'information pour ne pas perdre la face.

- Alexandre ! tu ne me l'as jamais dit ! s'écria Aglaé. C'est honteux ce que tu faisais là !

- Je ne m'en occupais pas tout seul, ni personnellement. Ce n'était pas mon rayon, murmura Alexandre Dupont. De toute façon, il fallait bien, de ce temps-là, gagner ma vie. En plus, nous étions à la merci de journalistes d'investigation qui n'arrêtaient pas de nous persécuter à ce propos…

- Ça, ce serait rigoureusement interdit dans mon pays, intervint Madame Li. L'investigation est proscrite en Chine, surtout de la part de journalistes. Nous avons un vieil adage : pour que les rouages de l'état fonctionnent, il faut surtout qu'ils demeurent invisibles.

- Est-ce pour cela que vous avez fui votre pays ? demanda Aglaé.

- C'est sans doute une des raisons, dit Madame Li, mais à l'époque, je ne m'en doutais pas encore. J'étais venue à Hong Kong, attirée par l'existence d'un système un peu différent. Je voulais aussi mettre à l'abri d'une saisie arbitraire l'héritage que j'avais de mon père. A l'époque, le dollar de Hong Kong était convertible et je connaissais un banquier prêt à m'aider. J'ai eu la chance de pouvoir fuir en Australie. Je suis partie juste au bon moment. Aujourd'hui, émigrer serait impossible.

- C'était déjà audacieux de votre part, dit Aglaé. A votre place, j'aurais eu trop peur.

- Vous savez, répondit Madame Li, l'audace, sur notre planète, dépend de vos moyens. Si vous avez sur votre compte en banque de quoi affronter la plupart des situations, vous pouvez retomber sur vos pieds où que ce soit. Je dirais même que l'Australie m'a ouvert grand ses portes précisément pour cette raison. Ensuite, je suis allée à Singapour, où j'ai de la famille. Elle était obligée de m'aider, selon nos coutumes chinoises. C'est là que j'ai découvert le merveilleux projet du « Sauve qui peut » auquel j'ai tout de suite adhéré. Je dirais que j'ai eu de la chance, tout simplement.

- Quitter son pays est aussi difficile que changer de nom, commenta Alexandre

Dupont, mais vous êtes restée malgré tout Madame Li…

- Pourquoi changer ? dit-elle. En Chine, aucun nom, même très répandu, ne vous protège contre le pouvoir. Ici, je suis la seule Chinoise parmi les propriétaires du bateau. Tout l'équipage me connaît sous le nom de Madame Li. Le nom que je porte est devenu unique. Le prénom, par ailleurs, est un choix, celui de la famille ou de la personne. En Chine, le prénom occidental est assez courant. J'ai choisi « Stéphanie » qui veut dire couronnée, mais simplement parce que le son me plaisait. Nos prénoms traditionnels sont par exemple la fleur de prunier, la lune du printemps, tout ce qui est beau dans la vie. La personne désignée fait alors tout son possible pour être à la hauteur de son prénom. C'est mieux que des noms de héros ou d'héroïnes dont personne ne peut égaler les exploits.

- C'est bien, dit Aglaé, mais quant à moi, mon prénom m'agace. Je reproche même à mes parents de me l'avoir donné.

- Eh bien, dit Madame Li, faites donc comme nous en Orient, mais à l'inverse. Choisissez un prénom chinois et laissez tomber le prénom occidental, puisque que vous le trouvez si gênant.

- Ce n'est pas une mauvaise idée, dit Aglaé. J'hésite entre la fleur du Lotus et celle du Cerisier. Quand j'aurai fait mon choix, je suivrais bien volontiers le conseil que vous me donnez là.

- Viendrez-vous aussi nous rejoindre et vivre à l'année sur le « Sauve qui peut » ? demanda Madame Li.

- Je ne sais pas, intervint Alexandre Dupont. Naviguer en permanence autour du monde en s'arrêtant seulement quelques jours par-ci, par-là finirait par nous donner le tournis. Nous avons besoin de poser de fois à autre nos valises assez longtemps pour retrouver nos marques. Voilà pourquoi nous sommes en ce moment à la recherche de plusieurs demeures autour de la planète.

- Eh bien, je vous souhaite bonne chance, dit Madame Li. J'ai tenté aussi votre démarche. Si vous croyez encore qu'il existe des lieux propices sur la terre ferme, il faut essayer. Je vois que vous avez encore du chemin à faire. Mais quand vous aurez fini de chercher, souvenez-vous que ce bateau existe. Vous y serez toujours les bienvenus.

Les Dupont quittèrent peu après le « Sauve qui peut » à la Marie-Galante. Ils avaient l'intention d'y chercher un petit pied-à-terre pour fuir le monde, comme Marc-Antoine Romains le leur avait suggéré. Il s'agissait de la première étape de leur quête du paradis le moins artificiel possible.

Néanmoins, dès leur arrivée, ils se heurtèrent à une difficulté inattendue. Impossible de faire un pas dans cette île sans se heurter à un bien mauvais souvenir, celui des plantations de canne à sucre et de l'esclavage qui avait permis à ce commerce de prospérer.

- Je ne comprends pas, confia Alexandre Dupont à Aglaé, comment on a pu amener tous ces esclaves noirs depuis l'Afrique et perdre si complètement la trace de leur identité précédente. Avaient-ils même des noms et des prénoms sur leur continent d'origine ? Ces noms ont-ils survécu, même brièvement, quand ils ont débarqué dans les Caraïbes ?

- Je ne crois pas, répondit Aglaé. J'ai posé cette question au guide à bord du « Sauve qui peut ». Il m'a expliqué que les maîtres avaient le droit de donner un nouveau nom aux esclaves dès leur acquisition. Ils s'acharnaient d'autant plus à le faire qu'ils affirmaient ainsi leur pouvoir. Donc, je pense qu'il n'est rien resté des noms qu'ils portaient en Afrique.

- C'est un peu ce que je craignais, dit Alexandre Dupont, et c'est un aspect qui me déplaît autant que tout le reste.

Il avait conservé l'esprit républicain, issu d'une âme plutôt chrétienne, et la liberté d'exister par soi-même avec sa propre identité lui semblait donc un droit.

- Tu vois bien, lui dit Aglaé, malgré tout ce que tu penses du nom Dupont, que perdre complètement son nom de famille et la trace de ses origines est traumatisant. En plus, puisqu'un maître avait le droit de vendre son esclave à un autre, le nom pouvait varier à chaque transaction. Cette idée est traumatisante. Finalement, on ne sait plus du tout l'origine des gens auxquels on parle…

- J'ai entendu dire, reprit Alexandre Dupont après un moment de réflexion, qu'il y eut une révolte d'esclaves sur l'île d'Haïti. Je me demande si cette question d'identité n'était pas une des causes. Dans nos archives à Paris, il existe encore des documents bizarres qui portent pour en-tête « Liberté, Egalité, Fraternité » et, juste en-dessous « République d'Haïti », mais sans aucune mention de la France. Je me demande si la situation est toujours la même en Haïti. Il faudrait peut-être s'y rendre pour le savoir.

- C'est une bonne idée, répondit Aglaé, puisque nous y sommes presque déjà.

Mais je ne suis pas très optimiste. Il me semble avoir compris que Bonaparte ne s'est pas contenté d'inventer l'Etat Civil pour nous empêcher de changer de nom. Il a voulu aussi rétablir l'esclavage en Haïti. Les règles n'étaient donc pas les mêmes aux Caraïbes que chez nous.

- C'est assez paradoxal, commenta Alexandre Dupont. Je suis pour qu'on y aille pour y voir plus clair.

Ils se mirent donc à la recherche d'un bateau qui les amèneraient jusqu'en Haïti, mais s'aperçurent bientôt que c'était difficile. Aucun bateau de croisière pour y aller. Enfin, après avoir longuement parlementé avec des marins, ils trouvèrent un tout petit esquif qui les amena à Saint Domingue.

- De là, affirma l'un des marins, nommé Terreblanche, vous pourrez facilement atteindre Haïti, si vous y tenez vraiment.

Le marin leur expliqua que Christophe Colomb avait découvert une île avant d'atteindre l'Amérique et l'avait nommée

« Hispañola ». Il y avait ensuite instauré un gouvernement au nom du Roi d'Espagne, mais l'île, depuis, s'était scindée en deux : une partie francophone, sous le nom d'Haïti, et une partie restée espagnole : Saint Domingue.

Mais, arrivés à Saint Domingue, tout le monde voulut les dissuader d'aller jusqu'en Haïti.

- Ce serait de la folie ! leur affirmait-on. Si vous y mettez les pieds, vous serez sûrement kidnappés ou égorgés. C'est le royaume de bandits qui contrôlent toute la région. N'y allez surtout pas. Regardez cette terre de loin, depuis la frontière. Si vous y tenez absolument, louez donc un hélicoptère pour survoler ce pays. Vous n'y verrez que des masures, des ruines et des bidonvilles. C'est tout ce qui reste après un immense tremblement de terre qui a tout détruit. Il n'y survivait qu'un bâtiment en dur, le Palais Présidentiel, mais il s'est effondré depuis.

Ces raisons ne suffirent pas pour convaincre Alexandre Dupont :

- Nous ne cherchons pas du tout à faire du tourisme, dit-il. D'ailleurs, les touristes ne vont pas en Haïti. Notre but est plutôt de comprendre l'histoire de ce pays en consultant des archives, ce qui est ma spécialité. On m'a parlé d'un lieu nommé les Cayes, où je pourrais peut-être en trouver.

- On vous a mal renseigné, dit un commerçant qui vendait des jupes de couleurs vives accrochées à un parapluie de son étalage. Il ne reste rien, absolument rien aux Cayes. Croyez-moi, car j'en suis. Vous n'y trouverez ni administration, ni archives, ni école, ni police, ni même des habitations autre que des tentes. Les Cayes se sont trouvées à l'épicentre d'un tremblement de terre. N'y allez pas. C'est dangereux et vous feriez le voyage en vain.

Le commerçant haïtien, Pedro Barbaridad, se présenta. Il ressemblait à un flibustier, car il avait un hâle de marin-pêcheur et une dernière dent visible, jaunie par l'abus de tabac. Il gardait aussi, en permanence accroché à ses lèvres un cigarillo presque éteint. Malgré cette apparence rébarbative, il avait bon cœur et comprit que les Dupont cherchaient à se renseigner au-delà de ce qui intéresse généralement les touristes de passage. Il les invita donc dans son arrière-boutique à prendre un café pour discuter. A l'idée de franchir la frontière en direction d'Haïti, il poussa de hauts cris.

- N'y pensez surtout pas si vous voulez revenir vivants ! s'exclama-t-il. Même les habitants de mon pays le fuient comme je l'ai fait. Ils veulent tous venir à Saint-Domingue, qui n'est pourtant pas le paradis pour nous. L'afflux est tel que les autorités d'ici ont toutes les peines à en limiter le nombre. Il est impossible d'accueillir ici tant de monde. Et quant à l'idée de découvrir la moindre chose là-bas, détrompez-vous. Ce qui était de bois ou de papier a brûlé ou fut depuis longtemps dévoré par les termites. Il n'y reste absolument rien de nos vies, sauf quelques parpaings et de la tôle que se disputent les survivants du séisme. Le mieux pour vous est de rentrer d'où vous venez au plus vite.

Et Barbaridad leur conta en quelques mots l'histoire du malheureux peuple haïtien.

- Autrefois, dit-il, sur cette île pourtant espagnole, une plantation de canne à sucre était gérée par un esclave nouvellement affranchi, nommé Toussaint. Son maître, ayant reconnu en lui une intelligence supérieure, lui avait même procuré une fort bonne éducation. Il était presque savant, car il lisait des livres. Quand éclata la Révolution Française, suivie par la fameuse Déclaration des Droits de l'homme, Toussaint en déduisit que l'heure de la libération des esclaves avait enfin sonné. Il fit aussitôt hisser le drapeau tricolore. Les plantations voisines firent de même, ce qui engagea une moitié de l'île à devenir française. Bien sûr, le roi d'Espagne n'en fut pas content. Il envoya des militaires pour rétablir l'ordre, mais Toussaint était un bon général. Il vainquit les Espagnols en perçant une brèche à travers leur armée, ce qui lui valut le surnom de l'Ouverture. Les Anglais s'en mêlèrent aussi dans l'espoir de mettre fin à cette révolte malvenue dans les plantations, mais furent vaincus à leur tour. Les deux défaites infligées aux grandes puissances coloniales par une armée d'esclaves augmentèrent encore le prestige naissant de Toussaint. Il entreprit de rédiger une constitution républicaine et de donner des lois au peuple haïtien, fondant ainsi le premier état noir d'une époque qui, dès lors, s'annonçait comme post-coloniale. N'eût-il accompli que cela Toussaint l'Ouverture avait déjà mérité sa place dans l'Histoire. Le paradoxe est que les grands hommes ne sont pas toujours bons à suivre pour leur propre peuple. Ils l'embarquent parfois sur des mers dangereuses, et les précipitent vers des récifs inconnus. C'est bien le problème qui se présenta aux Haïtiens. Bonaparte, quand il prit le pouvoir, se montra en principe favorable à la Liberté ou, tout au moins, à une liberté mesurée pour les Français, mais pas du tout pour les populations noires des colonies, d'autant plus que le commerce de la canne-à-sucre était devenu une source de grande richesse pour la France. Autant la République avait accueilli dans leurs débuts les exploits de Toussaint l'Ouverture avec enthousiasme, en lui conférant un statut de héros dans l'opinion, autant la France bonapartiste rechigna à abandonner aux autres nations coloniales l'occasion de consolider dans les Caraïbes un empire riches et puissant. Toussaint l'Ouverture, un peu naïf, était convaincu de pouvoir négocier un accord à l'amiable avec Bonaparte. Il lui écrivit même une fameuse lettre qui commençait par ces lignes : « Du premier des Noirs au premier des Blancs… » Cette lettre signa probablement son arrêt de mort, car l'Empereur était raciste. Bonaparte prit cette audace pour un affront et ne supporta pas une telle comparaison. En dépit de la Déclaration des droits de l'homme, il expédia une flotte depuis la France pour rétablir l'esclavage sur la partie française de l'île. Une nouvelle fois, Toussaint l'Ouverture et son armée furent victorieux sur le champ de bataille, et le général noir se montra à la hauteur de sa prodigieuse réputation. L'expédition mandatée par la France pour cette besogne déshonorante ne subit que des revers. Comme ses chefs n'arrivaient pas à prendre l'avantage, ils attirèrent Toussaint dans un guet-apens. Sous prétexte d'une négociation, ils lui tendirent un piège qui se referma sur lui par la trahison. Il fut aussitôt enchaîné et emmené en France dans un des navires de la flotte. Dès son arrivée, Bonaparte le fit transférer dans la prison la plus froide du pays, la forteresse de Pignerol, où il ne tarda pas à mourir de pneumonie, son corps n'étant pas habitué aux grands froids. Malgré la perte de leur général, les Haïtiens continuèrent à se battre comme des lions et chassèrent les Français de l'île. Malheureusement pour eux, n'ayant aucun autre chef de l'envergure de Toussaint l'Ouverture, leur nation sombra dans des alternances de despotisme et de chaos. Avec la Restauration, si Louis XVIII avait rompu avec la politique de Bonaparte, l'île aurait peut-être pu se relever. Malheureusement, il n'en fut rien. Le roi eut la faiblesse d'écouter les doléances de propriétaires terriens qui s'estimaient lésés du fait de la révolte des esclaves. La diplomatie internationale imposa à l'Etat de Haïti une dette gigantesque, à la hauteur des pertes subies, ce qui la ruina définitivement.

Depuis, elle est plongée dans une misère totale qui ne cesse de s'aggraver. Le pire, c'est que l'esclavage, que Toussaint avait aboli, a reparu sous une autre forme. Aujourd'hui, ce sont des Haïtiens noirs eux-mêmes qui piègent économiquement leurs semblables sous l'euphémisme de « reste-avec » qui décrit un hébergement forcé comme honnête alors qu'il s'agit encore et toujours de servitude. Pour couronner le tout, Haïti a subi un terrible tremblement de terre. Elle est aujourd'hui entre les mains de bandes rivales qui ne font qu'exploiter une misère générale contre laquelle personne ne peut rien. Elle est la proie des brigands, le repaire de tous les trafics et n'est même plus gouvernée par personne. Voilà pourquoi je vous conseille plutôt de visiter ce côté-ci de l'île, qu'on appelle Saint-Domingue. Les habitants y connaissent encore la misère, mais nous avons créé des ghettos pour riches étrangers qui fuient la fiscalité de leurs pays. Cela rapporte beaucoup à notre nation. Ils s'entourent de murs, de gardes du corps, de véritables milices équipées et armées comme des paramilitaires. Mais nous en avons pris l'habitude maintenant, et nous finissons par ne plus les voir. »

*   *   *   *

Ce discours diminua l'enthousiasme des Dupont pour les Caraïbes.

- Je me demande finalement, dit Alexandre Dupont, si cette partie du monde nous offre vraiment ce que nous recherchons.

- C'est bien joli de voyager, ajouta Aglaé, mais la vie n'est quand même pas aussi agréable loin de Paris. Il me semble que nous ferions mieux d'y retourner.

- C'est vrai, dit Alexandre Dupont, mais je ne voudrais pas quitter les Caraïbes sans avoir vu l'île de la Tortue. Dans mon enfance, on lisait des livres qui racontaient en long et en large les superbes exploits des flibustiers. Tout se passait autour de cette île merveilleuse, foulée par des héros dont, hélas ! aucun ne portait le nom de Dupont. Mais je serais vraiment déçu de repartir sans avoir rendu mes respects au

Capitaine Blood, cet illustre pirate qui combattit sans cesse la marine espagnole et en sortit toujours vainqueur.

Aglaé dut se rendre à ce caprice de son mari. Ils trouvèrent un bateau capable de les déposer dans ce lieu écarté et mystérieux que personne, semblait-il, ne voulait plus voir. Mais il se révéla beaucoup moins intéressant qu'Alexandre Dupont ne l'avait espéré.

Ils y rencontrèrent une fille, assise sur le pas d'une porte, en train de moudre du café à la manière ancienne, et osèrent l'aborder.

- Je me nomme Pépita Gomez da Silva, répondit-elle avec fierté, et ma famille vit ici depuis plusieurs siècles. Mon père distille du rhum, comme le faisait déjà mon grand-père et son propre père avant lui. En fait, nous n'avons jamais fait autre chose et nous n'avons pas envie de vivre différemment. Goutez notre rhum. Vous verrez qu'il est le meilleur, non seulement des Caraïbes, mais du monde entier. C'est pour une excellente raison. Nous n'en avons jamais changé la recette, qui n'est même pas écrite et que nous apprenons par cœur de génération en génération. Après en avoir bu, nous dansons et, après avoir dansé, nous dormons. En quelques mots, voilà comment nous existons depuis toujours. Nous n'avons besoin ni de lois, ni d'autorités, ni de gouvernements, ni d'étrangers. Notre île est la plus parfaite de toutes et cela en soi nous suffit.

Ce discours étonna beaucoup Alexandre Dupont.

- J'ai pourtant lu dans des livres qu'il y avait autrefois des pirates sur l'île de la Tortue. La piraterie est une activité assez intéressante, au sujet de laquelle on a raconté beaucoup d'histoires, mais je cherche à vérifier la part de légende en remontant aux sources. Ce qu'affirment ces écrivains, est-ce vrai ? En avez-vous entendu parler ?

- Oui, répondit Pépita, cela est vrai, mais il y a fort longtemps. Aujourd'hui, la piraterie n'est plus rentable car les Etats ont fini par tout contrôler, tout normaliser et tout taxer. Même le rhum est soumis à la douane et si je vous en verse un verre, je serai aussitôt accusée de contrebande.

- Ce n'est pas grave entre nous, dit Alexandre Dupont. Nous ne travaillons pour personne. Je vous achèterai une bouteille de rhum en vous donnant l'argent de la main à la main pour éviter toute fiscalité. Nous pourrons en boire un verre ou deux ensemble sans nous sentir floués par les autorités. J'aimerais bien apprendre de votre bouche ce que vous savez sur la grande époque des pirates.

- Bien volontiers, dit Pépita. D'ailleurs, si vous me prenez une bouteille de rhum, je vous en verserai de notre réserve pour vous éviter d'avoir à l'ouvrir. Si vous ne rencontrez pas de douaniers en rentrant chez vous, tout ira bien. Si par hasard vous êtes contrôlé, ouvrez aussitôt votre bouteille et buvez-en quelques gorgées, car elle est alors entamée et ne peut plus être taxée.

- Voilà un conseil utile, dit Alexandre Dupont. Je n'y aurais jamais songé tout seul.

Elle les accueillit dans sa maison, qui était assez sombre, et ils s'attablèrent autour d'un vieux tonneau dans une forte odeur d'alcool.

- Nous n'avons pas l'électricité, expliqua-t-elle. Cela coûte trop cher.

- Comment faites-vous pour recharger les portables ? demanda Aglaé.

- Ce n'est pas un problème, dit Pépita. Nous n'avons ni portables, ni réseau, mais seulement des téléphones fixes équipés de dynamos qu'il faut remonter à la main, mais qui ne marchent pas toujours.

Elle leur montra un vieil appareil avec un cadran circulaire, dans un coin de la pièce, sur une crédence en bois des îles, garnie d'accessoires poussiéreux.

- Tiens, dit Alexandre Dupont, un annuaire ! Je n'en ai pas vu depuis si longtemps !

- Il rappelle le Bottin, dit Aglaé, sauf que celui-ci est tout petit, sans doute à la mesure de cette île.

Machinalement, Alexandre feuilleta les pages.

- Voilà qui est extraordinaire ! dit-il au bout d'un moment. Il n'y a pas un seul Dupont sur cette île.

- Du moins, parmi les abonnés, corrigea Aglaé.

Pépita leur servit, comme pour elle-même, un verre généreux du rhum des Caraïbes.

- Je bois à votre visite, déclara-t-elle. Revenez souvent me voir, car notre clientèle diminue tous les ans. Personne ne s'intéresse beaucoup à la Tortue.

- C'est dommage, dit Alexandre Dupont, car votre île a un passé fabuleux. C'est d'ailleurs ce qui nous a attirés. Mais au-delà des mythes, il doit bien y avoir une réalité. Contez-nous votre vérité sur les derniers pirates, car vous les connaissez certainement beaucoup mieux que nous.

- Je veux bien vous la révéler telle que je la connais, répartit Pépita, mais vous allez être déçus. Le dernier pirate a quitté la Tortue, car son activité était devenue impossible. D'abord, il était tout seul.

- C'est comme le dernier des Mohicans, commenta Aglaé. On ne peut pas être pirate tout seul sur une si petite île. Il y aurait de quoi mourir d'ennui.

- Non, ce n'est pas l'ennui qui l'a chassé, dit Pépita, ni même le manque de travail. A cela, il résistait encore. Ce sont les habitants de la Tortue qui, voyant décliner leur économie, ont créé une Municipalité avec pour mission de réguler le marché. Ils s'étaient mis dans la tête qu'en taxant les prises revendues sur notre île, ils compenseraient la fin du commerce de la canne à sucre. Le fait est que le monde entier préférait le sucre de betterave, sous le prétexte idiot qu'il est tout blanc et paraissait donc plus propre. Du coup, nous avions ici des quantités de sucre mais plus de clients. Les cours s'effondraient de partout. Heureusement que le rhum de betterave ne vaut rien. Mais comme la clientèle ne venait plus à la Tortue, nous ne trouvions même plus à vendre notre bon rhum des Caraïbes et nous avons été réduits à le boire nous-mêmes.

- C'est vrai qu'il est excellent, dit Alexandre Dupont, mais racontez-nous comment le dernier pirate a quitté la Tortue. A-t-il expliqué pourquoi ?

- Ce capitaine était portugais, dit Pépita. Il nous a raconté avant son départ l'histoire de Don Sébastien qui, lui aussi, était parti de Lisbonne, il y a des siècles. « Je vous fais la même promesse, a-t-il dit : je reviendrai discrètement parmi vous par un jour de brume, quand vous aurez tout perdu, même l'espoir de me revoir. Et à partir de ce jour-là, je reprendrai tout en main. A mon retour, je vous débarrasserai de votre stupide Municipalité, j'éliminerai la corruption, je distribuerai tout l'argent aux pauvres et je vous rendrai le bonheur. Jusque-là, buvez donc votre rhum, qui est le meilleur du monde et vous consolera de vos malheurs. »

- Comment s'appelait donc ce grand homme ? demanda Alexandre Dupont.

- Il s'appelait, de son vrai nom, Don Ephraïmo Ladro y Ladro de Dio, répondit Pépita avec assurance.

- Et pourquoi « don » ? demanda Aglaé. Etait-il aristocrate comme Don Juan ?

- Pas le moins du monde, dit Pépita. Il avait été moine chez les Carmes déchaussés avant de devenir pirate. Son histoire est bien connue sur notre l'île. Certains attendent encore son retour. Ils disent que le seul espoir dans une communauté aussi petite que la-nôtre est de revenir à la piraterie. Presque la même chose est arrivée au Portugal avec Don Sébastien, qui reviendra un jour arranger leurs affaires. Mais nous avons l'avantage du rhum qui nous console, même si Ephraïmo ne revient pas. Et puis, nous avons un passé glorieux dans la piraterie, ce qui nous appartient en propre.

* * * *

Revenir à Paris depuis la Tortue ne s'avéra guère facile. Heureusement, il se trouva qu'un aimable milliardaire désireux de se déplacer d'une manière responsable regagnait l'Europe en jet privé. Ils purent partager avec lui les frais du voyage et réduire ainsi l'impact sur la planète par cette version moderne du co-voiturage qui leur gagna un temps précieux.

En route vers la capitale, Alexandre Dupont se souvint que Marc-Antoine Romains lui avait vivement recommandé de se faire oublier autant que possible par l'administration et de ne pas enfreindre sa mise en disponibilité auprès du Ministère en signalant inconsidérément sa présence.

- J'ai une idée, dit-il à Aglaé, qui nous permettrait de profiter de Paris sans trop nous faire remarquer. Ce serait de faire comme Salvador Dali. Lui, plutôt que d'acquérir une adresse repérable par l'acquisition d'un pied-à-terre dans la capitale, il avait négocié des séjours de longue durée à l'hôtel Meurice. Nous pourrions suivre cet exemple. De toute façon, la propriété n'a plus vraiment d'intérêt dans la capitale et nous devrons un jour nous délester de nos biens en France.

- Le Meurice serait parfait, dit Aglaé. J'aime beaucoup ce quartier. On ne pourrait pas mieux choisir son hôtel.

- Nous nous ferons passer pour de vrais touristes, continua Alexandre Dupont. Le Ministère ne nous cherchera jamais à cet endroit. Il ne faut pas oublier non plus qu'officiellement, je suis en voyage de formation à Cuba, qui est un haut-lieu incontestable de l'égalité des chances, où nous avons tout à apprendre sur ce sujet brûlant. Il faudra donc rester discret. Si l'on me retrouvait à l'Hôtel Meurice en train de sabler le champagne alors que je suis sensé être aux Caraïbes en formation, cela ferait mauvais genre.

Avec l'aide de Marc-Antoine Romains, contacté depuis les airs par internet, Monsieur et Madame Alexandre Julien Dupont, de la société des hôtels Super-Dupont, s'installèrent quelques heures plus tard chez leurs confrères de la rue de Rivoli.

Dès le lendemain de leur arrivée, pendant qu'Aglaé faisait des courses dans les boutiques du quartier, Alexandre Dupont se mit en rapport avec Augustus Schmidt.

- Je te cherchais partout depuis des mois, dit celui-ci. Je me demandais ce que tu étais devenu ! Rendez-vous au Rostand. C'est urgent : j'ai ta nouvelle identité et il faut tout de suite que je te remette tes nouveaux papiers. J'ai failli les déposer chez toi dans ta boîte aux lettres car je n'arrivais pas à te trouver.

- Le fait est, expliqua Alexandre Dupont, que je suis en formation professionnelle aux Caraïbes pour le Ministère. Je ne dois pas retourner chez moi pour ne pas donner l'impression de tricher en restant à Paris…

- En voilà une belle histoire ! dit Augustus Schmidt, admiratif. Je vois que ce Ministère est de plus en plus imaginatif dans sa recherche de l'intérêt public.

- Je te raconterai tout ça plus en détail, dit Alexandre Dupont. Pour le moment, c'est assez compliqué, mais je repartirai bientôt à l'étranger.

Cependant, Alexandre Dupont n'osa pas expliquer son changement brutal de situation à Augustus Schmidt. C'était une question de tact et de respect pour les difficultés quotidiennes qu'affrontait son ami. Comment justifier la chance qu'il avait eue du simple fait d'être né Dupont ? C'était presque un cas de conscience. Non seulement Augustus Schmidt avait remué ciel et terre pour lui trouver une identité plus agréable, mais il était obligé de cambrioler pour vivre, alors que lui, Alexandre Dupont, du simple fait de son nom, avait décroché le gros lot et pouvait mener la grande vie.

Ils se retrouvèrent au « Rostand » et Alexandre Dupont en apprit davantage sur les démarches entreprises par Augustus Schmidt.

- A partir de maintenant, lui dit son ami, tu deviendras Maxime Legrand, natif de Mulhouse, et ton épouse sera Arabella, née Pinson, originaire de Cannes. Voici vos papiers à tous les deux. Ils en sont la preuve irréfutable. Il me reste seulement à vous souhaiter bonne chance sous ces nouvelles identités.

Alexandre Dupont fut un peu embarrassé d'avoir donné tant de mal à Augustus Schmidt, d'autant plus qu'il ne voyait plus comment se servir des documents qu'il venait de lui remettre. Mais il le remercia vivement et les empocha sans révéler que, pour l'instant, il était bien obligé de rester Dupont, Alexandre et parfois même Dupont, Alexandre Julien.

Il en révéla davantage à son ami d'enfance Arsène Durant, et ce qu'il lui raconta laissa son confident perplexe.

- Un stage de formation professionnelle dans les Caraïbes, c'est très bien, dit celui-ci, mais qu'en a pensé ton syndicat ?

Alexandre Dupont fut obligé d'avouer qu'il avait fait sa demande par l'entremise de son chef de bureau Monsieur Gaëtan Delpech, ce qui était la voie hiérarchique, mais sans faire intervenir les partenaires sociaux.

- C'est un peu compliqué, dit alors Arsène Durant, car il y a de gros problèmes en ce moment dans ton service. Comme tu étais parti, tu ne le sais sans doute pas, mais notre nouvelle Ministre de l'Egalité des Chances s'appelle Alexandra Dupont.

- Ce n'est pas possible ! s'écria Alexandre Dupont. Cela ressemble à un fait exprès.

Mais il se reprit aussitôt :

- J'en suis très heureux pour elle. C'est une excellente nouvelle, qui montre que la France a beaucoup progressé depuis mon départ. Une femme ministre de plus, c'est toujours une excellente chose. Je sais trop bien, étant de surcroît une Dupont, toutes les brimades qu'elle a forcément dû subir avant de décrocher ce poste.

- Je ne suis pas certain de cela, ajouta Arsène Durant, car la deuxième nouvelle est justement un scandale. Je vois que tu n'es pas du tout au courant. On a découvert des mails qui prouveraient qu'elle avait une relation secrète avec le Président de la République. Sa nomination pourrait être plutôt ce qu'on nomme communément une promotion-canapé.

- Je ne me fie pas aux racontars, dit Alexandre Dupont. Les journalistes affirment souvent n'importe quoi pour faire vendre.

- Tout est possible, dit Arsène Durant, mais ce qui est troublant, c'est que son nom soit si proche du tien. Je suis sûr qu'un moteur de recherche les ferait apparaître tous les deux ensemble. Cela risque de braquer les projecteurs sur ta formation aux Caraïbes, même si elle est parfaitement justifiée. Il faudrait te faire oublier, mais je ne vois pas bien comment.

- C'est vraiment incroyable ! dit Alexandre Dupont à sa femme en revenant le soir au Meurice. On a changé de Ministre de l'Egalité des Chances sans même me prévenir. Je n'ai pas reçu le plus petit courriel pour m'en informer. C'est comme si je ne comptais plus pour rien.

- Tu étais quand même absent, fit remarquer Aglaé. Ils ont oublié de te signaler ce changement parce que tu n'y étais pas, c'est tout. Somme toute, ce n'est pas trop grave. Par contre, ce qui est assez surprenant, c'est que le nom Alexandra Dupont est partout en ce moment. En faisant mes courses, j'ai même découvert une parfumerie qui s'appelle « Le jardin secret d'Alexandra Dupont ».

- C'est un peu embarrassant pour la nouvelle ministre, dit Alexandre Dupont, et même aussi pour nous.

- Non, ce qui est embêtant, c'est autre chose, dit Aglaé. Je ne sais pas comment dire… L'enseigne met en avant une publicité qui s'affiche partout sur ses produits. Elle montre une fille nue étalée sur une plage entourée de cocotiers. En la regardant, je suis sûre d'avoir reconnu le visage de Sophie de Lalande…

- C'est encore plus ennuyeux, dit Alexandre Dupont. Sophie serait-elle devenue mannequin en notre absence ? Ou alors, est-ce un montage photographique ? Aujourd'hui, on n'est plus certain de rien. Même les images sont truquées.

- En tout cas, c'est très gênant pour elle, dit Aglaé. Et d'ailleurs, cela fait assez longtemps que tu ne l'as pas contactée. Tu devrais lui faire signe.

- Je le ferai, je le ferai, dit Alexandre Dupont, un peu lassé par cette obligation.

* * * * *

Le même soir, Aglaé, qui écoutait France Musique dans la baignoire à l'hôtel Meurice, entendit un flash d'information assez surprenant, au beau milieu d'un concert.

- Nous recevons à l'instant un communiqué de l'Elysée, dit une voix. Il est précisé qu'il n'existe aucune personne du nom d'Alexandra Dupont dans l'entourage immédiat du Président et aucun ministre de ce nom dans le gouvernement actuel de la France. Contrairement aux rumeurs qui circulent dans les médias, aucune femme n'a porté plainte contre le Président. De source certaine, cette Alexandra Dupont n'existe pas le moins du monde. Il n'y a aucun enfant caché élevé aux frais du contribuable. Une telle personne, qui emprunte le nom d'une enseigne de parfumerie à la mode, est une pure invention, sans le moindre fondement. Elle aurait été créée par une intelligence artificielle, manipulée par une puissance étrangère à des fins malveillantes. Nous pouvons révéler que le Ministère de l'Intérieur enquête activement sur cette affaire et rendra sous peu son rapport au Sénat faisant état de ses conclusions. Nous nions formellement toutes les allégations de détournement de fonds publics et d'abus de biens sociaux qui ont fait florès dans la presse à scandale et nous invitons les citoyens à se renseigner auprès de sources fiables. Le Ministre de la Culture, prenant la parole devant le syndicat des journalistes, a déclaré ceci : « La liberté d'expression est une chose, mais la diffamation en est une autre. Cette affaire pourrait donner lieu à des poursuites au Pénal. S'il y a lieu, nous n'hésiterons pas à remettre le dossier entre les mains du Procureur de la République, qui sera en mesure de saisir le parquet et de faire, en temps voulu, toute la lumière sur l'origine de ces bruits mensongers. » Entretemps, sur les marchés, le groupe Dupont continue d'être coté en Bourse, même si l'action connaît une forte baisse. « Ce groupe reste un des fleurons de nos entreprises » a annoncé le Ministre de l'Economie. Malgré cette déclaration rassurante, le doute subsiste et l'action a perdu cinq points en vingt-quatre heures. En revanche, les actions de la société Lalande, propriétaire de l'enseigne de cosmétiques « Alexandra Dupont » sont fortement en hausse à Paris comme à Tokyo. « Notre marque est une simple entreprise commerciale, a déclaré une porte-parole. Si des activités illicites profitent de notre notoriété, nous n'en sommes nullement responsables. » Le Ministre de l'Egalité des Chances, Monsieur Bernard Dupuis-Malfaçon, a pris la parole dans une conférence de Presse pour annoncer qu'il restait à son poste pour continuer en toute sérénité les actions voulues par le gouvernement, dans l'intérêt de la nation. » Puis, sur une note plus légère, et comme pour détendre l'atmosphère, la même voix ajouta que le prénom Alexandra connaissait alors un renouveau de popularité spectaculaire.

Les Dupont furent très rassurés par ces bonnes nouvelles. Finalement, il ne se passait rien. Le Ministre n'avait pas changé. Ce n'était qu'une fausse rumeur, une « fake news » dont personne ne connaissait l'origine. Le seul élément nouveau était l'existence d'une société Lalande, dont ils n'avaient jamais entendu parler. Alexandre Dupont se promit de contacter sa nièce pour en apprendre davantage.

*   *   *   *

Aglaé eut bientôt envie de revoir son appartement parisien.

- C'est très beau à l'hôtel Meurice, dit-elle à Alexandre Dupont, mais j'aimerais quand même revenir, ne fût-ce qu'une heure ou deux, dans notre quartier et retrouver notre petit nid douillet. Vivre à l'hôtel constamment, est un peu fatiguant. On ne se sent pas chez soi.

- Est-ce prudent ? se demanda Alexandre Dupont. Nous sommes quand même très connus dans le voisinage. Marc-Antoine Romains m'a bien recommandé, dans la mesure où je suis officiellement une formation professionnelle à Cuba, de ne pas trop me montrer près de Clichy. Ils décidèrent finalement d'y retourner en pleine nuit, en prenant un taxi pour éviter de rencontrer des connaissances dans les transports publics. Heureusement, la rue était déserte au moment où ils arrivèrent devant chez eux.

Ils montèrent à l'étage où une immense surprise les attendait. La porte de leur appartement avait été placée sous scellés, apparemment à la requête du Trésor Public.

- Que faut-il faire ? demanda Aglaé. On ne peut pas ouvrir cette porte. Ce serait évidemment un délit.

- Effectivement, lui répondit Alexandre Dupont, perplexe. Je ne vois qu'une possibilité. C'est de retourner à l'avenue de Clichy, d'arrêter un taxi et de rentrer au plus vite à l'hôtel Meurice.

- Il se passe des choses bien étranges à Paris, dit-il en chemin à Aglaé. Je me sens un peu dépassé dans cette ambiance, même si les nouvelles du Ministère sont plutôt rassurantes.

- Tu devrais appeler Marc-Antoine Romains demain matin, dit Aglaé. Lui, au moins, suit toutes tes affaires et pourrait te donner un conseil avisé.

Alexandre Dupont essaya plusieurs fois le lendemain, mais le téléphone était parfois occupé et, parfois, restait sans réponse. A force d'insister, il parvint enfin à joindre Marc-Antoine Romains.

- Notre appartement à Paris est sous scellés, lui dit-il, mais je ne comprends pas pourquoi. Savez-vous quelque-chose ?

- Vous avez de la chance d'avoir pu me joindre, répondit l'homme d'affaires. Je suis obligé de partir. Le fisc a eu vent de notre affaire. C'est certainement une dénonciation. Je vais me mettre au vert en Italie. C'est le plus sûr. J'ai une cousine en Romagne.

- Et moi ? demanda Alexandre Dupont, que me conseillez-vous ?

- Vous n'avez rien à faire à Paris, dit Marc-Antoine Romains. Partez au plus vite. L'idéal serait aux Caraïbes, car c'est là que vous êtes en formation. De toute façon, il n'y a pas de traité d'extradition avec Cuba.

- Je comprends, dit Alexandre Dupont. Bonne chance, et merci du conseil.

Il se souvint alors qu'il était devenu Maxime Legrand, natif de Mulhouse, et qu'Aglaé était Arabella, née Pinson.

- C'est l'occasion ou jamais d'en profiter, se dit-il. Si j'attends trop, mes affaires risquent de se gâter.

Il partit donc chercher une agence de voyages pour prendre des billets et une banque pour retirer de quoi vivre. Heureusement, sa carte bancaire au nom d'Alexandre Julien Dupont fonctionnait toujours, et les employés de l'agence ne furent pas surpris qu'il prenne un billet pour le couple Legrand.

- Si j'avais voulu organiser ma fuite, se dit-il, je n'aurais sans doute pas réussi, mais ce qui marche toujours le mieux, c'est l'imprévu.

- Nous partons ce soir, dit-il à Aglaé en rentrant à l'hôtel. Il doit y avoir un problème avec l'empire Dupont. Marc-Antoine Romains est se terre en Italie.

- Où irons-nous, alors ? demanda Aglaé, effrayée.

- Eh bien, la solution la plus simple, dit Alexandre Dupont, sera de retrouver notre case à la Marie-Galante. Nous avons bien fait de l'acquérir. Ce n'est pas là qu'on viendra nous chercher.

L'hôtel Meurice distribuait le journal au petit déjeuner. C'est ainsi que les Dupont prirent connaissance des toute dernières informations. L'affaire Dupont faisait apparemment grand bruit.

« Faillite de la chaîne Alexandre Julien Dupont et Cie. La prestigieuse affaire niçoise, qui débuta par une légendaire pâtisserie sur la promenade des Anglais, n'existe plus et toutes ses filiales sont mises à l'arrêt pour cause de malversation sur de nombreuses années. L'homme d'affaires Marc-Antoine Romains, qui gérait les nombreuses entreprises du groupe, est en fuite et son signalement a été communiqué aux frontières. Personne ne sait exactement où il est parti, mais ce serait soit au Brésil, soit vers Singapour, où il aurait ouvert une société écran pour dissimuler sa fortune mal-acquise. Quant au propriétaire du Groupe, Alexandre Julien Dupont, on sait seulement qu'il vit à l'étranger, probablement dans un paradis fiscal ou au Lichtenstein. Il est également recherché. »

A partir de la chute de l'Empire Dupont, Aglaé, que son mari tentait de convaincre de devenir Arabella, suivit les dernières informations du jour sur son portable. Ils apprirent ainsi, en route vers l'aéroport, l'arrestation de Marc-Antoine Romains par la police des frontières près de Vintimille :

« Un juge d'instruction interroge le prévenu, ex-gestionnaire des entreprises Dupont, pour déterminer sa part de responsabilité dans la faillite spectaculaire du groupe.

« - Il règne une opacité inacceptable dans les comptes des patrons au niveau national, a déclaré avec emphase un représentant des partenaires sociaux concernés. Actuellement, les pouvoirs publics s'interrogent sur les motivations d'éventuels fraudeurs, attendu que le propriétaires, Alexandre Julien Dupont, serait décédé à l'étranger depuis un certain temps sans que sa disparition ait été signalée comme de droit aux autorités compétentes.

« Les ouvriers des entreprises du groupe manifestent spontanément aux portes des usines. Ils parlent d'une fermeture abusive et injustifiée, dès lors que les carnets de commande sont pleins pour plusieurs mois, voire des années. On parle aussi de débordements dans le Midi. Certains bloquent l'accès à leur lieu de travail et brûlent des pneus sur les routes. D'autres affirment qu'ils ont piégé les machines avec des bombonnes de gaz butane auxquelles ils mettront le feu en cas d'une tentative de les emmener à l'étranger. Ils affirment même que les entreprises seraient viables et n'ont pas besoin d'un repreneur pour survivre.

« Seul Monsieur Romains, l'ancien responsable de la gestion du groupe, actuellement en garde à vue, serait en mesure de faire la lumière sur d'éventuelles malversations et sur ce nouveau scandale qui touche le monde industriel de notre pays.

« - La justice doit faire son travail, a-t-il déclaré avant son incarcération, mais je n'ai rien à cacher.

« En attendant, les actifs Dupont sont saisis et séquestrés à la demande du juge d'instruction. Il examinerait en ce moment selon des sources fiables l'opportunité de placer l'ensemble du groupe frauduleux en liquidation judiciaire.

« - Le gouvernement est entièrement responsable de cette situation, a estimé un porte-parole de l'opposition, car il se retrouve du côté du patronat chaque fois qu'il est question de réguler les marchés financiers. Son obstination nous mène tout droit dans le mur.

« Il s'agit d'une affaire emblématique, mais personne ne sait encore pourquoi ni comment le décès d'Alexandre Julien Dupont, l'ancien propriétaire, a pu être tenu secret pendant si longtemps. Il s'agissait sans doute, pour le gestionnaire et ses complices, d'exporter tout le capital vers l'étranger, quoique la présomption d'innocence ne permette pas encore de l'affirmer avec certitude. Néanmoins, pour l'instant, le Fisc a démenti l'existence d'impayés. Le groupe aurait subi récemment un contrôle fiscal qui n'a pourtant révélé aucune irrégularité dans ses comptes. »

- Heureusement, nous ne sommes déjà plus Dupont, dit Alexandre à son épouse. J'ai toujours pensé que nous finirions par abandonner cette prétention ridicule. Restons Legrand, désormais. C'est aussi anonyme que Dupont, mais beaucoup moins compromettant.

- Pourquoi donc as-tu changé de prénom ? dit Arabella. Tu aurais pu devenir Alexandre Legrand…

- C'est vrai, concéda Maxime, mais je n'ai pas eu le choix. Ceci dit, Maxime, c'est presque mieux, et puis c'est bien plus discret.

- De quoi allons-nous vivre ? demanda encore Arabella, inquiète. Je n'aimais pas tellement vivre à l'hôtel Meurice, mais au moins, c'était mieux que l'incertitude.

- L'avenir sera difficile, dit Maxime, mais souviens-toi que, dans les Caraïbes, nous avons un grand potager avec vue sur mer. A nos âges, nous n'avons pas besoin de grand-chose pour exister. Tu es désormais Arabella. Moi, je serai toujours Maxime et nous planterons nos choux ensemble en élevant quelques brebis. C'est ce qu'on appelle le retour à la nature. Beaucoup de gens nous envieront une fin à l'abri des pesticides, aussi heureuse et écologique que responsable. A la longue, nous nous fondrons dans le décor de notre temps.

La procédure simplifiée de changement de nom permet de porter le nom du parent qui n'a pas transmis le sien soit en ajoutant le nom de ce parent à votre nom de famille actuel, dans l'ordre que vous souhaitez soit en remplaçant votre nom de famille actuel par le nom de ce parent. Vous pouvez utiliser cette procédure une seule fois dans votre vie. La procédure est différente si vous voulez changer de nom pour motif légitime, par exemple parce que votre nom est difficile à porter (procédure de changement de nom par décret). Toutefois, utiliser la procédure simplifiée ne vous empêche pas de demander plus tard un changement de nom par décret. De même, avoir obtenu un changement de nom (par décret, décision judiciaire, adoption simple...) ne vous empêche pas d'utiliser par la suite la procédure simplifiée de changement de nom. Attention ! une autre procédure est prévue pour porter le nom de votre époux ou épouse (nom d'usage) ou si vous voulez franciser vos nom et prénoms en obtenant la nationalité française (francisation). Vous pouvez recourir à la procédure simplifiée de changement de nom si vous êtes majeur ou mineur émancipé. Une personne majeure qui fait l'objet d'une mesure de protection judiciaire (tutelle, curatelle) fait elle-même la demande de changement de nom. Vous ne pouvez pas utiliser cette procédure pour demander le changement de nom de votre enfant mineur. Vous pouvez uniquement choisir parmi les noms qui figurent sur votre acte de naissance : le nom de votre père ou le nom de votre mère ou leurs 2 noms accolés dans l'ordre que vous souhaitez et dans la limite d'un nom pour chacun de vos parents. Exemples : vous avez un nom simple : BELIER Nom de votre père : BELIER Nom de votre mère : DUMONT Vous pouvez choisir : BELIER DUMONT, DUMONT BELIER, DUMONT. Vous avez un nom simple : DURAND. Nom double de votre père : BELIER GORCE. Nom de votre mère : DURAND. Vous pouvez choisir : DURAND BELIER, BELIER DURAND, DURAND GORCE, GORCE DURAND, BELIER GORCE, BELIER, GORCE. Vous avez un nom double : BELIER GORCE. Nom double de votre père : BELIER GORCE. Nom double de votre mère : DURAND DUPONT. Vous pouvez choisir les noms suivants : BELIER DURAND, DURAND BELIER, BELIER DUPONT, DUPONT BELIER, GORCE DURAND, DURAND GORCE, GORCE DUPONT, DUPONT GORCE, DURAND DUPONT, DURAND, DUPONT, BELIER, GORCE. Vous avez un nom double composé du nom de chacun de vos parents : BELIER DURAND Nom double de votre père : BELIER GORCE Nom double de votre mère : DURAND DUPONT Vous pouvez choisir : DURAND BELIER, BELIER GORCE, DURAND DUPONT, BELIER DUPONT, DUPONT BELIER, GORCE DURAND, DURAND GORCE, DUPONT GORCE, GORCE DUPONT, DURAND, DUPONT, BELIER, GORCE. Vous avez un nom simple : DURAND. Nom double de votre père : BELIER GORCE Nom double de votre mère : DURAND DUPONT. Vous pouvez choisir : BELIER DURAND, DURAND BELIER, BELIER DUPONT, DUPONT BELIER, GORCE DURAND, DURAND GORCE, DUPONT GORCE, GORCE DUPONT, DURAND DUPONT, BELIER GORCE, DUPONT, BELIER, GORCE. Vous avez un nom simple obtenu par décret : BERGER. Nom simple de votre père : BELIER. Nom double de votre mère : DURAND DUPONT. Vous pouvez choisir les noms suivants : BELIER DURAND, DURAND BELIER, BELIER DUPONT, DUPONT BELIER, DURAND DUPONT, DUPONT, BELIER, DURAND. Vous avez un nom composé obtenu par adoption simple : DUBOIS-BERGER. Nom simple de votre père adoptif : BERGER Nom double de votre père d'origine : DUBOIS GORCE. Nom double de votre mère d'origine : DURAND DUPONT. Vous pouvez choisir: DUBOIS-BERGER GORCE, GORCE DUBOIS-BERGER, DUBOIS-BERGER DURAND, DURAND DUBOIS-BERGER, DUBOIS-BERGER DUPONT, DUPONT DUBOIS-BERGER

Les images de la couverture sont tirées de deux autoportraits jumeaux par le peintre Frédéric Connerade (nom d'artiste: Freddy Conrad) datés d'un camp de concentration en Silésie où il fut interné après son arrestation par la Gestapo.

Printed by Amazon Italia Logistica S.r.l.
Torrazza Piemonte (TO), Italy

48204108R00130